Je n'étais pas encore assise, une fesse en l'air et la main sur la portière, que ma belle-sœur m'agressait déjà:

    – Mais enfin … Tu n'as pas entendu les coups de
5 klaxon? Ça fait dix minutes qu'on est là!

    – Bonjour, je lui réponds.

Mon frère s'était retourné. Petit clin d'œil.

    – Ça va, la belle?

    – Ça va.

10   – Tu veux que je mette tes affaires dans le coffre?

    – Non, je te remercie. J'ai juste ce petit sac et puis ma robe … Je vais la poser sur la plage arrière.

    – C'est ça ta robe? sourcille-t-elle en avisant le chiffon roulé en boule sur mes genoux.

15   – Oui.

    – Que … qu'est-ce que c'est?

    – Un sari.

[Titel] **une échappée belle:** Wortspiel mit dem Verbalausdruck *l'échapper belle:* mit knapper Not davonkommen (*une échappée:* Auszeit; Ausreißversuch). · 1 **la fesse:** Pobacke (*les fesses,* f. pl.!: Gesäß, Hintern). · 2 **la portière:** Tür (Auto, Zug usw.). · **le beau-frère / la belle-sœur:** Schwager, Schwägerin. · **agresser qn:** jdn. angreifen (hier: verbal). · 5 **le klaxon:** Hupe (*klaxonner:* hupen). · 7 **le clin d'œil:** Augenzwinkern. · 12 **la plage arrière:** Ablagefläche hinter dem Autorücksitz. · 13 **sourciller:** die Augenbrauen (*le sourcil*) hochziehen. · **aviser:** erblicken. · 17 **le sari:** Sari; traditionelles indisches Kleidungsstück für Frauen.

– Je vois …

– Non, tu ne vois pas, lui fis-je remarquer gentiment, tu verras quand je le mettrai.

Petite grimace.

5 – On peut y aller? lance mon frère.

– Oui. Enfin, non … Tu pourras t'arrêter chez l'Arabe au bout de la rue, j'ai un truc à prendre …

Ma belle-sœur soupire.

– Qu'est-ce qui te manque encore?

10 – De la crème pour mes poils.

– Et tu achètes ça chez l'Arabe?

– Oh, mais j'achète tout chez mon Rachid, moi! Tout, tout, tout!

Elle ne me croit pas.

15 – C'est bon, là? On peut y aller?

– Oui.

– Tu ne t'attaches pas?

– Non.

– Pourquoi tu ne t'attaches pas?

20 – Claustrophobie, je lui réponds.

---

5 **lancer:** hier: rufen, einwerfen. • 6f. **chez l'Arabe:** *l'Arabe du coin* (fam., z.T. péj.), Bezeichnung für einen kleinen Tante-Emma-Laden, der das Stadtbild großer Städte wie Paris oder Marseille prägt und vorwiegend von Nordafrikanern betrieben wird. Diese Läden haben in der Regel bis spät in die Nacht und wochenends geöffnet. • 7 **le truc** (fam.): Sache, Ding; Trick, Kniff. • 8 **soupirer:** seufzen (*le soupir:* Seufzer). • 17 **s'attacher:** sich anschnallen.

4

Anna Gavalda

L'Échappée belle

Herausgegeben von
Mireille Schauwecker

Reclam

RECLAMS UNIVERSAL-BIBLIOTHEK Nr. 19789
Alle Rechte vorbehalten
Copyright für diese Ausgabe
© 2010 Philipp Reclam jun. GmbH & Co. KG, Stuttgart
L'Échappée belle © 2009 Le Dilettante
Gesamtherstellung: Reclam, Ditzingen. Printed in Germany 2014
RECLAM, UNIVERSAL-BIBLIOTHEK und RECLAMS
UNIVERSAL-BIBLIOTHEK sind eingetragene Marken
der Philipp Reclam jun. GmbH & Co. KG, Stuttgart
ISBN 978-3-15-019789-9

www.reclam.de

Et avant qu'elle n'entame son couplet sur la mort du greffon et l'hôpital de Garches, j'ajoute:

– Et puis je vais dormir un peu. Je suis cassée.

Mon frère sourit.

5 – Tu viens de te lever?

– Je ne me suis pas couchée, précisé-je en bâillant.

Ce qui est faux bien sûr. J'ai dormi quelques heures. Mais c'est pour énerver ma belle-sœur. Ça 10 n'a pas loupé d'ailleurs. Et c'est ce que j'aime bien avec elle: ça ne loupe jamais.

– Où tu étais encore? rognognotte-t-elle en levant les yeux au ciel.

– Chez moi.

---

1 **entamer:** anschneiden; hier: anstimmen. · **le couplet:** Strophe; hier etwa (fig.): ewiges Lied. · 2 **la mort du greffon:** Abstoßung eines Implantats (*la greffe* oder *le greffon*). Hier wohl infolge eines Unfalls. · **l'hôpital de Garches:** offiziell: *Hôpital Raymond-Poincaré*, staatliches Krankenhaus in Garches am westlichen Stadtrand von Paris, u. a. spezialisiert in der Rehabilitation von Unfallopfern. · 3 **être cassé, e** (fam.): erledigt sein. · 6 **précisé-je** (litt.): Verben, die in der 1. Person Präsens auf stummes e enden und Verben im Subjonctif durchlaufen bei der Inversion in der 1. Person zur Erleichterung der Aussprache eine phonetische Veränderung. Die Betonung wird auf die Endsilbe verschoben und das stumme e durch ein é ersetzt, welches aber offen ausgesprochen wird. Bei Verben wie *céder* entfällt dabei auch der erste Accent (*je cède → cedé-je*). · 10 **ne pas louper** (fam.): ein Volltreffer sein (*louper qc*, fam.: etwas verpfuschen, vermasseln). · 12 **rognonner** (fam.; vx.): grummeln, brummen.

– Tu faisais la fête?

– Non, je jouais aux cartes.

– Aux cartes?!

– Oui. Au poker.

5 Elle secoue la tête. Pas trop. Il y a du brushing dans l'air.

– Combien tu as perdu? s'amuse mon frère.

– Rien. Cette fois-ci, j'ai gagné.

Silence assourdissant.

10 – On peut savoir combien? finit-elle par craquer en ajustant ses Persol.

– Trois mille.

– Trois mille! Trois mille quoi?

– Ben … euros, fis-je naïvement, on ne va pas
15 s'emmerder avec des roubles quand même …

Je ricanais en me roulant en boule. Je venais de lui donner du grain à moudre pour le restant du trajet, à ma petite Carine …

---

9 **assourdissant, e:** ohrenbetäubend (*sourd, e:* taub). · 10 **craquer:** bersten, brechen, reißen; hier (fam.): die Nerven verlieren, schwach werden. · 11 **ajuster:** zurechtrücken, in Ordnung bringen. · **Persol:** italienische Sonnenbrillenmarke. · 15 **s'emmerder** (fam.): sich herumärgern. · 16 **ricaner en se roulant en boule:** sich vor Lachen kugeln (*ricaner:* hämisch lachen). · 17 **donner du grain à moudre à qn** (loc.): jdm. eine harte Nuss zu knacken geben (*le grain:* Korn; *moudre:* mahlen).

6

J'entendais les rouages de son cerveau se mettre en branle:

«Trois mille euros … tiquetiquetiquetic … Combien il fallait qu'elle en vende, elle, des shampoings secs et des comprimés d'aspirine pour gagner trois mille euros? … tiquetiquetiquetic … Plus les charges, plus la taxe professionnelle, plus les impôts locaux, plus son bail et moins la TVA … Combien de fois elle devait l'enfiler sa blouse blanche pour gagner trois mille euros *net*, elle? Et la CSG … Je pose huit et je retiens deux … Et les congés payés … font dix que je multiplie par trois … tiquetiquetic …»

Oui. Je ricanais. Bercée par le ronron de leur berline, le nez enfoui dans le creux de mon bras et les jambes repliées sous le menton. J'étais assez fière de moi parce que ma belle-sœur, c'est tout un poème.

---

1 **le rouage:** Rädchen. · 1 f. **se mettre en branle:** sich in Gang setzen (*le branle:* Anstoß; Schwingung). · 7 **les charges** (f.): Nebenkosten. · **la taxe professionnelle:** Gewerbesteuer. · 7 f. **les impôts locaux:** zusätzlich zur Miete anfallende Raumsteuern, die sich nach dem Katastermietwert richten. · 8 **le bail:** Pacht(vertrag). · **la TVA:** *la taxe à la valeur ajoutée:* Mehrwertsteuer. · 9 **enfiler:** überziehen, überstreifen. · 10 **La CSG:** *la contribution sociale généralisée:* allgemeine Sozialsteuer, die auf alle Einkommensarten erhoben wird. · 11 f. **les congés payés** (m. pl.!): bezahlter Urlaub; in Frankreich 1936 durch Premierminister Léon Blum eingeführt. · 17 f. **c'est tout un poème** (fam.): das ist eine Sache für sich.

Ma belle-sœur Carine a fait pharmacie mais préfère qu'on dise *médecine*, donc elle est pharma-
cienne mais préfère qu'on dise *pharmacien*, donc
elle a une pharmacie mais préfère qu'on dise une
5 *officine*.

Elle aime bien se plaindre de sa comptabilité au
moment du dessert et porte une blouse de chirur-
gien boutonnée jusqu'au menton avec une éti-
quette thermocollante où son nom est écrit entre
10 deux caducées bleus. Aujourd'hui, elle vend surtout des crèmes raffermissantes pour les fesses et
des gélules au carotène parce que ça rapporte plus,
mais préfère dire qu'elle a *optimisé* son *secteur
para*.

15 Ma belle-sœur Carine est assez prévisible.

Avec ma sœur Lola, quand on a su cette aubaine-
là, qu'on avait dans la famille une fournisseuse
d'antirides, dépositaire Clinique et revendeuse
Guerlain, on lui a sauté au cou comme des petits
20 chiots. Oh! La belle fête qu'on lui avait réservée ce

---

6 **la comptabilité:** Buchhaltung. · 9 **thermocollant, e:** aufbügel-
bar. · 10 **le caducée:** Äskulapstab. · 11 **raffermissant, e:** straf-
fend. · 12 **la gélule:** Kapsel. · **le carotène:** Karotin. · **rapporter:**
hier: einbringen. · 13 f. **le secteur para** (fam.): *le secteur paraphar-
macie:* betrifft Produkte, deren Verkauf nicht auf Apotheken be-
schränkt ist. · 15 **prévisible:** voraussehbar; durchschaubar. ·
16 **une aubaine:** Glücksfall. · 18 **un antiride:** Antifaltenmittel. ·
le/la dépositaire: Vertragshändler(in), Vertreter(in); Verwah-
rer(in). · **le revendeur / la revendeuse:** Fachhändler(in). · 20 **le
chiot:** Welpe.

8

jour-là! On lui a promis qu'on viendrait toujours
faire nos emplettes chez elle dorénavant et on était
même prêtes à lui donner du docteur ou du professeur Lariot-Molinoux pour qu'elle nous ait à la
5 bonne.

On était prêtes à prendre le RER pour aller la
voir! Et c'est quelque chose pour Lola et moi de
prendre le RER jusqu'à Poissy.

Nous, au-delà des Maréchaux, on souffre déjà …

10 Mais on n'a pas eu besoin d'aller jusque là-bas
parce qu'elle nous a prises par le bras à la fin de ce
premier déjeuner dominical et nous a confié en
baissant les yeux:

«Vous savez … euh … Je ne pourrai pas vous
15 faire de réductions parce que … euh … Si je commence avec vous, après … enfin vous comprenez
… après je … après on ne sait plus où ça s'arrête,
hein?» «Même pas un petit quelque chose? avait
répliqué Lola en riant, même pas des échan-
20 tillons?» «Ah si … elle avait répondu en soupirant
d'aise, si, les échantillons, si. Pas de problème.»

---

2 **faire les emplettes:** einkaufen (*une emplette:* Einkauf). · 3 **donner qc à qn:** hier (fam.): jdm. etwas zuerkennen. · 4f. **avoir qn à
la bonne** (fam.): jdm. wohlgesinnt sein. · 8 **Poissy:** Vorort im
Nordwesten von Paris. · 9 **les Maréchaux:** *les boulevards des Maréchaux:* Gürtel von Boulevards, welche die verschiedenen Tore
von Paris verbinden und die Namen berühmter französischer Ge-
neräle tragen. · 12 **dominical, e:** sonntäglich. · 19 **répliquer:** entgegnen. · 19f. **un échantillon:** (Waren-)Probe.

Et quand elle est repartie en tenant bien fort la main de notre frère pour ne pas qu'il s'envole, Lola a gourgonné, tout en leur envoyant des baisers depuis le balcon: «Eh ben ses échantillons, elle pourra se les mettre où je pense …»

J'étais bien d'accord avec elle et nous avons secoué la nappe en parlant d'autre chose.

Maintenant, on aime bien la faire tourner en bourrique avec ça. À chaque fois qu'on la voit, je lui parle de ma copine Sandrine qui est hôtesse de l'air et des réductions qu'elle peut nous obtenir grâce au duty-free.

Exemple:

– Hé, Carine … Dis un prix pour l'Exfoliant Double Générateur d'Azote à la vitamine B12 de chez Estée Lauder.

Alors là, notre Carine, elle réfléchit beaucoup. Elle se concentre, ferme les yeux, pense à son listing, calcule sa marge, déduit les taxes, et finit par lâcher:

– Quarante-cinq?

Je me tourne vers Lola:

– Tu te souviens combien tu l'as payé?

– Hum … pardon? De quoi vous parlez?

---

3 **gourgonner** (vx.): vor sich hin murmeln. • 8f. **faire tourner qn en bourrique** (loc.): jdn. auf die Palme bringen (*la bourrique*, fam.: Esel). • 14 **un exfoliant:** Peeling. • 15 **un azote:** Stickstoff. • 19 **déduire:** abziehen (*la déduction:* Abzug). • 20 **lâcher:** hier (fam.): herauslassen, mit der Sprache herausrücken.

– Ton Exfoliant Double Générateur d'Azote à la vitamine B12 de chez Estée Lauder que Sandrine t'a ramené l'autre jour?

– Eh ben quoi?

5 – Combien tu l'as payé?

– Oh là … Tu m'en poses de ces questions … Dans les vingt euros, je crois …

Carine répète en s'étranglant:

– Vingt euros! L'Eu-Dé-Gé-A à la vitamine B12
10 de chez Lauder! Tu es sûre de ça?

– Je crois …

– Non, mais à ce prix-là, c'est de la contrefaçon! Sorry, mais vous vous êtes fait avoir les filles … Ils vous ont mis de la crème Nivea dans un flacon de
15 contrebande et le tour est joué. Je suis désolée de vous dire ça, renchérit-elle triomphante, mais c'est de la camelote votre truc! De la pure camelote!

Lola prend un air accablé:

– Tu es sûre?

20 – Absôôôlument sûre. Je connais les coûts de fabrication quand même! Ils n'utilisent que des huiles essentielles chez Lau…

8 **s'étrangler:** ersticken, keine Luft mehr bekommen, sich verschlucken (*étrangler:* erdrosseln, ersticken). • 12 **la contrefaçon:** Fälschung. • 14f. **de contrebande:** gefälscht, Schmuggel… (*la contrebande:* Schmuggel). • 16 **renchérir:** teurer werden; hier (fig.): beteuern, bekräftigend hinzufügen. • 17 **la camelote** (fam.): Ramsch, ‚Schrott‘. • 18 **un air:** hier: Gesichtsausdruck, Aussehen (*avoir l'air:* aussehen). • **accablé, e:** niedergeschlagen (*un accablement:* Niedergeschlagenheit). • 22 **une huile essentielle:** ätherisches Öl.

C'est le moment où je me tourne vers ma sœur en lui demandant:

– Tu l'as pas, là?

– De quoi?

5 – Ben, ta crème …

– Non, je ne crois pas … Ah si! Peut-être … Attendez, je vais voir dans mon sac.

Elle revient avec son flacon et le tend à l'experte.

La voilà qui chausse ses demi-lunes et inspecte
10 l'objet du délit sous toutes les coutures. Nous la regardons en silence, suspendues à ses lèvres et vaguement angoissées.

– Alors, docteur? se hasarde Lola.

– Si, si, c'est bien du Lauder … Je reconnais
15 l'odeur … Et puis la texture … Le Lauder, il est très spécial comme texture. C'est incroyable … Combien tu dis que t'as payé ça? Vingt euros? C'est incroyable, soupire Carine en rangeant ses lunettes dans leur étui, l'étui dans la pochette Bio-
20 therm et la pochette Biotherm dans le sac Tod's. C'est incroyable … À ce niveau-là, c'est du prix coûtant. Comment tu veux qu'on s'en sorte s'ils

---

4 **de quoi?** (fam.): was denn? • 9 **chausser:** anziehen, aufsetzen. •
10 **sous toutes les coutures** (fig.): von allen Seiten, genauestens (*la couture:* Naht; Nähen). • 11 **être suspendu, e:** hängen (*la suspension:* Aufhängung). • 11 f. **vaguement:** hier: etwas, leicht. • 12 **angoissé, e:** aufgeregt, ängstlich, angsterfüllt (*une angoisse:* Angst). •
13 **se hasarder** (litt.): sich trauen, wagen; vorbringen. • 15 **la texture:** hier: Konsistenz. • 21 f. **le prix coutant:** Selbstkostenpreis. •
22 **s'en sortir:** durchkommen, überleben.

cassent le marché comme ça? C'est de la concurrence déloyale. Ni plus ni moins. C'est … Il n'y a plus de marge alors, ils … C'est vraiment n'importe quoi. Ça me déprime, tiens …

5 Et, plongée dans un abîme de perplexité, elle se console en tournant longtemps son sucre sans sucre au fond de son café sans caféine.

Là, le plus difficile, c'est de garder notre sang-froid jusqu'à la cuisine, mais quand on y est enfin, on se 10 met à glousser comme des dindes en chaleur. Si notre mère passe par là, elle se désole: «Ce que vous pouvez être mesquines toutes les deux …» et Lola répond offusquée: «Euh … pardon … Ça m'a quand même coûté soixante-douze caillasses, cette 15 saloperie!» puis nous pouffons de nouveau en nous tenant les côtes au-dessus du lave-vaisselle.

– C'est bien, avec tout ce que tu as gagné cette nuit tu pourras participer aux frais d'essence pour une fois …

---

1 f. **la concurrence déloyale:** unlauterer Wettbewerb. • 5 **un abîme:** Abgrund. • 8 **garder son sang-froid** (loc.): ruhig bleiben, Ruhe bewahren. • 10 **glousser:** glucksen; hier (fig.): kichern. • **la dinde:** Pute; hier (fam.): alberne Gans. • **en chaleur:** brünstig, brunftig. • 11 **se désoler:** sich aufregen, jammern (*la désolation:* Verzweiflung). • 12 **mesquin, e:** kleinlich, schäbig. • 13 **offusqué, e:** empört, entrüstet (*s'offusquer:* empört sein). • 14 **la caillasse** (fam.): Schotter; hier (fig.): Piepen, ‚Kröten'. • 15 **la saloperie** (fam.): Dreck, Mist. • **pouffer:** *pouffer de rire:* losprusten. • 16 **la côte:** hier: Rippe.

– D'essence ET de péage, dis-je en me frottant le nez.

Je ne les vois pas, mais je devine son petit sourire satisfait et ses deux mains posées bien à plat sur ses genoux serrés.

Je me déhanche pour extraire un gros billet de mon jean.

– Laisse ça, dit mon frère.

Elle couine:

10 – Mais, euh … Enfin, Simon, je ne vois pas pourqu…

– J'ai dit laisse ça, répète mon frère sans hausser le ton.

Elle ouvre la bouche, la referme, se tortille un peu, 15 ouvre la bouche de nouveau, époussette sa cuisse, touche son saphir, le remet d'aplomb, inspecte ses ongles, va pour dire quelqu… se tait finalement.

Il y a de l'eau dans le gaz. Si elle la boucle, ça signifie qu'ils se sont engueulés. Si elle la boucle, ça si-20 gnifie que mon frère a élevé la voix.

---

6 **se déhancher:** die Hüften schwingen; hier: die Hüfte (*la hanche*) heben. • 9 **couiner:** fiepen, quieken; hier (fam.): quäken, jammern. • 12f. **hausser le ton:** die Stimme erheben. • 14 **se tortiller:** sich winden (*tortiller:* zwirbeln). • 15 **épousseter:** abklopfen, Staub (*la poussière*) von etwas wischen; hier: reiben. • 16 **remettre qc d'aplomb:** etwas wieder geraderücken, -hängen (*un aplomb:* Lot; Gleichgewicht). • 17 **aller pour faire qc:** gerade etwas tun wollen. • 18 **il y a de l'eau dans le gaz** (fam.): es knistert im Gebälk, es kriselt. • **la boucler** (fam.): den Mund halten. • 19 **s'engueuler** (fam.): sich streiten (*une engueulade*, fam.: Streit).

14

C'est si rare …

Mon frère ne s'énerve jamais, ne dit jamais de mal de personne, ne connaît pas la malveillance et ne juge pas son prochain. Mon frère est d'une autre 5 planète. Un Vénusien peut-être …

Nous l'adorons. Nous lui demandons: «Mais comment tu fais pour être si calme?» Il hausse les épaules: «Je ne sais pas.» Nous lui demandons encore: «Tu n'as jamais envie de te lâcher un peu 10 quelquefois? De dire des trucs bien petits, bien minables?»

«Mais je vous ai pour ça, mes beautés …» répond-il dans un sourire angélique.

Oui, nous l'adorons. Tout le monde l'adore 15 d'ailleurs. Nos nounous, ses institutrices, les profs, ses collègues de bureau, ses voisins … Tout le monde.

Quand nous étions petites, affalées sur la moquette de sa chambre, en train d'écouter ses disques 20 et en lui taxant des becs pendant qu'il faisait nos

---

3 **la malveillance:** Böswilligkeit, Feindseligkeit (*malveillant, e:* böswillig, feindselig). • 7f. **hausser les épaules:** die Schultern zucken. • 9 **se lâcher** (fam.): sich gehen lassen, weniger ernst sein. • 10 **petit, e:** hier (fig.): schäbig, armselig, erbärmlich. • 10f. **minable:** schäbig, armselig, erbärmlich. • 15 **la nounou** (enf.): Tagesmutter; Kindermädchen. • 18 **être affalé, e:** zusammengesackt sitzen. • 20 **taxer qc de qn** (fam.): jdm. etwas stehlen. • **le bec** (arg.): *le bonbec:* Bonbon.

devoirs, nous nous amusions à imaginer notre avenir. Nous lui prédisions:

«Toi, tu es tellement gentil que tu te feras mettre
le grappin dessus par une chieuse.»

5   Bingo.

J'imagine bien pourquoi ils se sont engueulés.
C'est probablement à cause de moi. Je pourrais reproduire leur conversation au soupir près.

   Hier après-midi, j'ai demandé à mon frère s'il
10 pouvait m'emmener. «Quelle question …» s'est-il
offusqué gentiment au téléphone. Ensuite l'autre
greluche a dû piquer sa crise, ça les obligeait à faire
un gros détour. Mon frère a dû hausser les épaules
et elle en a remis une couche. «Enfin chéri … pour
15 le Limousin … la place Clichy ce n'est pas exactement un raccourci que je sache …»

   Il a été obligé de se faire violence pour paraître
ferme, ils se sont couchés fâchés et elle a dormi à
l'hôtel du Cul Tourné.

---

2 **prédire:** prophezeien, vorhersagen (*la prédiction:* Prophezeiung,
Vorhersage). · 3 f. **mettre le grappin sur qn** (fam.): jdn. in die Finger bekommen, sich jdn. unter den Nagel reißen (*le grappin:* Greifer; Anker). · 4 **le chieur / la chieuse** (fam.): Nervensäge. · 8 **à qc
près:** bis zum/zur kleinsten … · 12 **la greluche** (péj.; fam.): Tussi. ·
12 **piquer une crise** (fam.): ausflippen, ausrasten. · 14 **en mettre
une couche** (fig.): dick auftragen. · 17 **se faire violence:** sich zwingen. · 18 **ferme:** standhaft. · 18 f. **dormir à l'hôtel du Cul Tourné**
(fam.): mit dem Rücken zum anderen / zueinander schlafen.

16

Elle s'est levée de mauvaise humeur. Elle a redit devant sa chicorée bio: «Quand même, ta feignante de sœur, elle aurait pu se lever et venir jusqu'ici ... Franchement, ce n'est pas son boulot qui la tue, si?»

5 Il n'a pas relevé. Il étudiait la carte.

Elle est allée bouder dans sa salle de bains Kaufman & Broad (je me souviens de notre première visite ... Elle, une espèce d'écharpe en mousseline mauve autour du cou, virevoltant entre ses plantes
10 vertes et commentant son Petit Trianon avec des glouglous dans la gorge: «Ici la cuisine ... fonctionnelle. Ici la salle à manger ... conviviale. Ici le salon ... modulable. Ici la chambre de Léo ... ludique. Ici la buanderie ... indispensable. Ici la salle
15 de bains ... double. Ici notre chambre ... lumineuse. Ici la ...» On avait l'impression qu'elle voulait nous la vendre. Simon nous avait raccompagnés jusqu'à la gare et, au moment de le quitter, nous lui avions redit: «Elle est belle ta maison ...»
20 «Oui, elle est fonctionnelle», avait-il répété en ho-

---

2 **la chicorée:** Zichorie (als Kaffeeersatz). · **feignant, e** (pop.): eigtl.: *fainéant, e:* faul. · 5 **relever qc** etwas hochheben; hier (fig.): auf etwas eingehen. · 6 **bouder:** schmollen. · 8 **la mousseline:** Musselin; leichtes Woll-, Baumwoll- oder Kunstfasergewebe. · 9 **virevolter:** (sich) drehen, wirbeln (*la virevolte:* Drehung). · 10 **Le Petit Trianon:** von Ludwig XV. zu Ehren einer seiner Favoritinnen, Mme de Pompadour, im Park von Versailles erbautes Lustschlösschen. · 11 **le glouglou** (fam.): Gluckern. · 12 **convivial, e:** gesellig. · 13f. **ludique:** spielerisch, zum Spielen einladend. · 14 **la buanderie:** Waschküche. · 15f. **lumineux, -euse:** hell, leuchtend. · 20f. **hocher la tête:** nicken; den Kopf schütteln.

chant la tête. Ni Lola ni Vincent ni moi n'avons prononcé la moindre parole pendant le trajet retour. Tous un peu tristes et chacun dans notre coin, nous devions probablement songer à la même
5 chose. Que nous avions perdu notre grand frère et que la vie allait être bien plus ardue sans lui …), ensuite elle a dû regarder sa montre au moins dix fois entre leur résidence et mon boulevard, gémi à tous les feux, et quand enfin elle a klaxonné –
10 parce que c'est elle qui a klaxonné, j'en suis sûre – je ne les ai pas entendus.

Misère de misère de misère.

Mon Simon, je suis désolée de te faire subir tout ça …
La prochaine fois, je m'organiserai autrement, je
15 te le promets.

Je me débrouillerai mieux. Je me coucherai tôt. Je ne boirai plus. Je ne jouerai pas aux cartes.
La prochaine fois, je me stabiliserai tu sais … Mais si. J'en trouverai un. Un bon garçon. Un
20 Blanc. Un fils unique. Un qui a le permis et la Toyota au colza.
Je vais m'en choper un qui travaille à la Poste parce que son papa travaille à la Poste et qui fait

---

4 **songer à:** denken an (*le songe:* Traum; *faire songer à:* erinnern an). • 6 **ardu, e:** schwierig, schwer. • 8 **gémir:** stöhnen, jammern. • 13 **subir:** ertragen, durchmachen. • 16 **se débrouiller:** zurechtkommen. • 21 **le colza:** Raps. • 22 **(se) choper** (fam.): sich holen, schnappen.

ses vingt-neuf heures sans tomber malade. Et non fumeur. Je l'ai précisé sur ma fiche Meetic. Tu ne me crois pas? Eh ben, tu verras. Pourquoi tu te marres, idiot?

5 Comme ça je ne t'embêterai plus le samedi matin pour aller à la campagne. Je dirai à mon chouchounou des PTT: «Ho! Chouchounou! Tu m'emmènes au mariage de ma cousine avec ton beau GPS qui fait même la Corse et les Dom-Tom?» et
10 hop! l'affaire sera réglée.

Et pourquoi tu ris bêtement, là? Tu penses que je ne suis pas assez maligne pour faire comme les autres? Pour m'en choper un gentil avec le gilet jaune et l'autocollant Nigloland? Un fiancé à qui
15 j'irais acheter des caleçons Celio pendant ma pause déjeuner? Oh oui … Rien que d'y penser, j'm'émeus

---

2 **la fiche:** hier: Fragebogen. • **Meetic:** Portal für Internetbekanntschaften. • 3f. **se marrer** (fam.): lachen, sich amüsieren. • 6f. **le chouchounou** (fam.): *le chouchou:* Liebling. • 7 **les PTT** (fam.): *les Postes, Télégraphes, Téléphones*, früherer Name der französischen Post. • 9 **le GPS:** *le Global Positioning System:* Navigationssystem. • **les Dom-Tom:** *les départements et territoires d'outre-mer:* bis 2003 offizielle Bezeichnung für die französischen Überseeprovinzen. • 12 **malin, maligne:** clever, schlau (*faire le malin / la maligne:* sich aufspielen, große Töne spucken). • 13f. **le gilet jaune:** gelbe Warnweste (seit Juli 2008 müssen die französischen Autofahrer eine solche Weste im Auto mitführen; *le gilet:* Jacke, Weste). • 14 **un autocollant:** Aufkleber. • **Nigloland:** Freizeitpark in der Region Champagne-Ardenne. • 15 **le caleçon:** Unterhose, Boxershort. • **Celio:** französisches Männermodelabel. • 16 **rien que d'y penser:** wenn ich nur daran denke, beim bloßen Gedanken daran. • **s'émouvoir:** sich selbst zu Tränen rühren (*ému, e:* gerührt, bewegt).

déjà … Un bon bougre. Carré. Simple. Fourni avec les piles et le livret de Caisse d'Épargne.

Et qui ne se prendrait jamais la tête. Et qui ne penserait à rien d'autre qu'à comparer les prix dans les rayons avec ceux du catalogue et qui dirait: «Y a pas à tortiller chérie, la différence entre Casto et Leroy Merlin, c'est vraiment le service …»

Et qu'on passerait toujours par le sous-sol pour ne pas salir l'entrée. Et qu'on laisserait nos chaussures en bas des marches pour ne pas salir l'escalier. Et qu'on serait amis avec les voisins qui seraient si sympathiques. Et qu'on aurait un barbecue en dur et que ça serait une chance pour les enfants parce que le lotissement y serait bien sécur comme dit ma belle-sœur et que …

Ô bonheur.

C'était trop affreux. Je me suis endormie.

1 **le bougre** (fam.): Kerl. · **carré, e:** hier (fig.): geradlinig, anständig. · **fournir:** liefern. · 2 **le livret de Caisse d'Épargne:** Sparbuch. · 3 **se prendre la tête** (fam.): sich aufregen. · 5 **le rayon:** Abteilung. · 6 **y a pas à tortiller** (fam.): daran gibt es nichts zu rütteln. · 7 **Casto(rama) / Leroy Merlin:** französische Einrichtungshäuser. · 8 **le sous-sol:** Untergeschoss, Keller(geschoss). · 14 **le lotissement:** Wohnsiedlung. · **sécur** (fam.): sicher. · 17 **affreux, -euse:** hässlich, grässlich, schrecklich.

J'ai émergé sur le parking d'une station essence du
côté d'Orléans. Bien dans le coaltar. Ensuquée et
baveuse. J'avais du mal à ouvrir les yeux et mes
cheveux me paraissaient étonnamment lourds.
5 D'ailleurs je les ai même tâtés pour voir si c'étaient
vraiment des cheveux.

Simon attendait devant les caisses. Carine se re-
poudrait.
Je me suis postée devant une machine à café.
10 J'ai mis au moins trente secondes avant de réali-
ser que je pouvais récupérer mon gobelet. Je l'ai
bu sans sucre et sans conviction. J'avais dû me
tromper de bouton. Un petit goût de tomate ce
cappuccino, non?
15 Bouh. La journée allait être bien longue.

Nous sommes remontés en voiture sans échanger
un mot. Carine a sorti une lingette d'alcool de son
vanity pour se désinfecter les mains.
Carine se désinfecte toujours les mains quand
20 elle sort d'un lieu public.
C'est à cause de l'hygiène.

---

1 **émerger:** auftauchen. · 2 **être dans le coaltar** (fam.): neben sich
stehen (*le coaltar:* Steinkohlenteer). · **être ensuqué, e** (région.;
fam.): sich mies fühlen, ganz benommen sein. · 3 **baveux, -euse:**
sabbernd, schleimig; hier (fam.): wie Brei. · 5 **tâter:** (ab)tasten,
(be)fühlen. · 11 **récupérer:** abholen, wiederbekommen, (heraus)nehmen. · 17 **la lingette:** Reinigungstuch, Kosmetiktuch. ·
18 **le vanity** (angl.): *le vanity-case:* Schminkkoffer.

Parce que Carine, elle *voit* les microbes.

Elle voit leurs petites pattes velues et leur horrible bouche.

C'est la raison pour laquelle elle ne prend jamais le métro d'ailleurs. Elle n'aime pas les trains non plus. Elle ne peut pas s'empêcher de penser aux gens qui ont mis leurs pieds sur les fauteuils et collé leurs crottes de nez sous l'accoudoir.

Elle interdit à ses enfants de s'asseoir sur un banc ou de toucher les rampes des escaliers. Elle a du mal à les emmener au square. Elle a du mal à les poser sur un toboggan. Elle a du mal avec les plateaux des McDonald's et elle a *beaucoup* de mal avec les échanges de cartes Pokémon. Elle déguste avec les charcutiers qui ne portent pas de gants et les petites vendeuses qui n'ont pas de pince pour lui servir son croissant. Elle souffre avec les goûters communs de l'école et les sorties de piscine où tous les gamins se

---

2 **la patte:** Pfote, Bein. • **velu, e:** haarig. • 6 **ne pouvoir s'empêcher de faire qc:** nicht anders können als etwas zu tun. • 8 **la crotte de nez:** (Nasen-)Popel (*la crotte:* Kot, Kothaufen). • 8f. **un accoudoir:** Armlehne. • 11 **la rampe:** Geländer; Rampe. • 12 **le square:** (kleine) Grünanlage. • 13 **le toboggan:** Rutsche. • 14 **le plateau:** hier: Tablett. • 15f. **le Pokémon:** Pokémon; japanische Fantasiefiguren aus dem gleichnamigen Videospiel, später als Trickfilmserie und Sammelkarten vertrieben. • 16 **déguster:** probieren, verkosten; hier (fam.): leiden. • 18 **la pince:** Pinzette; Zange (*pincer:* einklemmen; zwicken, kneifen). • 20 **le gamin / la gamine** (fam.): Kind; Sohn, Tochter.

donnent la main avant de s'échanger leurs mycoses.

Vivre, pour elle, est une occupation harassante.

Moi, ça me gêne beaucoup cette histoire de lingettes désinfectantes.

Toujours percevoir l'autre comme un sac de microbes. Toujours regarder ses ongles en lui serrant la main. Toujours se méfier. Toujours se planquer derrière son écharpe. Toujours mettre ses gosses en garde.

Touche pas. C'est sale.

Ôte tes mains de là.

Ne partage pas.

Ne va pas dans la rue.

Ne t'assieds pas par terre ou je t'en colle une!

Toujours se laver les mains. Toujours se laver la bouche. Toujours pisser en équilibre dix centimètres au-dessus de la lunette et embrasser sans y poser les lèvres. Toujours juger les mamans à la couleur des oreilles de leurs mômes.

---

1 f. **la mycose:** Pilzkrankheit. · 3 **une occupation:** hier: Beschäftigung. · **harassant, e:** anstrengend, beschwerlich. · 4 **gêner:** stören, in Verlegenheit bringen. · 6 **percevoir:** wahrnehmen. · 8 **se méfier:** auf der Hut sein, misstrauen (*la méfiance:* Misstrauen). · **se planquer** (fam.): sich verstecken. · 9 **le/la gosse** (fam.): Kind; Sohn, Tochter. · 9 f. **mettre en garde:** warnen. · 12 **ôter:** wegnehmen, entfernen, ablegen. · 15 **en coller une à qn** (fam.): jdm. eine kleben. · 20 **le/la môme** (fam.): Kind; Sohn, Tochter.

Toujours.
Toujours juger.

Ça ne sent pas bon du tout ce truc-là. D'ailleurs,
dans la famille de Carine, on a vite fait de se dé-
5 boutonner au milieu du repas et de parler des
Arabes.

Le père de Carine, il dit les *crouilles*.

Il dit: «Je paie des impôts pour que les crouilles
fassent dix gamins.»

10 Il dit: «J'te foutrais ça dans un bateau, et je te
torpillerais toute cette vermine, moi …»

Il aime bien dire aussi: «La France est un pays
d'assistés et de bons à rien. Les Français sont tous
des cons.»

15 Et souvent, il conclut comme ça: «Moi, je travaille les six premiers mois de l'année pour ma famille et les six autres pour l'État, alors qu'on ne
vienne pas me parler des pauvres et des chômeurs,
hein?! Moi je travaille un jour sur deux pour que
20 Mamadou puisse engrosser ses dix négresses alors

4f. **se déboutonner:** seine Knöpfe aufmachen; hier (fig.): vom Le-
der ziehen, sich auslassen. · 7 **le crouille** (pop.; péj.): rassistische
Bezeichnung für einen Nordafrikaner. · 10 **foutre** (fam.): stecken, schmeißen; tun, machen. · 11 **torpiller:** torpedieren; hier
(fig.): zu Fall bringen, vernichten. · **la vermine:** Ungeziefer; hier
(fig.): Gesindel. · 13 **un assisté / une assistée:** Sozialhilfeempfän-
ger(in). · **le bon à rien:** Nichtsnutz. · 15 **conclure:** folgern, schlie-
ßen (*la conclusion:* [Schluss-]Folgerung). · 20 **Mamadou** (péj.;
arg.): negative Bezeichnung für einen Schwarzen. · **engrosser**
(fam.): schwängern (*grosse:* schwanger).

qu'on ne vienne pas me faire des leçons de morale!»

Je pense à un déjeuner en particulier. Je n'aime pas m'en souvenir. C'était le baptême de la petite
5 Alice. Nous étions réunis chez les parents de Carine près du Mans.
    Son père est gérant d'un Casino (les petits pois, pas le terrain de jeu) et c'est en le voyant au bout de son allée pavée, entre son lampadaire en ferron-
10 nerie d'art et sa belle Audi, que j'ai vraiment compris le sens du mot *fat*. Ce mélange de bêtise et d'arrogance. Cet inébranlable contentement de soi-même. Ce cachemire bleu ciel tendu sur ce gros ventre et cette façon étrange – si chaleureuse – de
15 vous tendre la main en vous haïssant déjà.

J'ai honte en pensant à ce déjeuner. J'ai honte et je ne suis pas la seule. Lola et Vincent ne sont pas fiers non plus, j'imagine …
    Simon n'était pas là quand la conversation a dé-
20 généré. Il était au fond du jardin et construisait une cabane à son fils.

---

7 **le gérant / la gérante:** Filialleiter(in). · 9 **pavé, e:** gepflastert (*le pavé:* Pflasterstein). · **le lampadaire:** Laternenpfahl, Straßenleuchte. · 9 f. **la ferronnerie d'art:** Kunstschmiedeeisen, Kunstschmiedearbeit. · 11 **fat, e:** überheblich, blasiert (*la fatitude:* Überheblichkeit, Blasiertheit). · 12 **inébranlable:** felsenfest, unerschütterlich. · 12 f. **le contentement de soi:** Selbstgefälligkeit. · 21 **la cabane:** (Holz-)Hütte, Häuschen.

Il doit avoir l'habitude, lui. Il doit savoir qu'il vaut mieux s'éloigner du gros Jacquot quand il se débraguette.

Simon est comme nous: il n'aime pas les engueu-
5 lades de fin de banquet, redoute les conflits et fuit les rapports de force. Il prétend que c'est de l'éner-gie mal employée et qu'il faut garder ses forces pour des combats plus intéressants. Que les gens comme son beau-père sont des batailles perdues
10 d'avance.

Et quand on lui parle de la montée de l'extrême droite, il secoue la tête: «Bah … C'est la vase au fond du lac. C'est obligé, c'est humain. N'y tou-chons pas, ça la fait remonter à la surface.»

15 Comment supporte-t-il ces déjeuners familiaux? Comment fait-il pour aider son beau-père à couper sa haie?

Il pense aux cabanes de Léo.

Il pense au moment où il prendra son petit gar-
20 çon par la main et s'enfoncera avec lui dans les sous-bois silencieux.

---

2 **Jacquot** (fam.): *Jacques.* · 2f. **se débraguetter** (fam.): den Ho-senladen (*la braguette*) aufmachen; hier (fig.): loslegen. · 5 **re-douter:** (be)fürchten. · 9 **le beau-père / la belle-mère:** Schwieger-vater / Schwiegermutter. · 12f. **c'est la vase au fond du lac** (fam.): etwa: das ist nun einmal eine Tatsache (*la vase:* Schlamm). · 17 **la haie:** Hecke. · 20 **s'enfoncer:** einsinken; hier: eintauchen. · 21 **le sous-bois:** Unterholz.

J'ai honte car nous nous sommes écrasés ce jour-là.

Nous nous sommes *encore* écrasés. Nous n'avons pas relevé les propos de cet épicier enragé qui ne verra jamais plus loin que son lointain nombril.

Nous ne l'avons pas contredit. Nous ne nous sommes pas levés de table. Nous avons continué de mastiquer lentement chaque bouchée en nous contentant de penser que ce type était un connard et en tirant fort sur toutes les coutures pour tâcher de nous draper encore dans ce qui nous tenait lieu de dignité.

Pauvres de nous. Si lâches, si lâches …

Pourquoi sommes-nous ainsi tous les quatre? Pourquoi les gens qui crient plus fort que les autres nous impressionnent-ils? Pourquoi les gens agressifs nous font-ils perdre nos moyens?

Qu'est-ce qui ne va pas chez nous? Où s'arrête la bonne éducation et où commence la veulerie?

---

1 **s'écraser:** abstürzen; hier (fam.): kuschen. • 4 **les propos** (m.): Worte, Äußerungen. • 5 **le nombril:** Bauchnabel. • 8 **mastiquer:** kauen (*la mastication:* Kauen; *le mastic:* Spachtelmasse, Kitt). • **la bouchée:** Bissen. • 8 f. **se contenter de faire qc:** sich damit begnügen etwas zu tun. • 10 f. **tâcher de faire qc:** versuchen etwas zu tun. • 11 f. **se draper dans sa dignité** (fig.): etwa: seinen Stolz wahren, sich nichts anmerken lassen (*draper:* umhüllen; *la dignité:* Würde). • **tenir lieu de:** dienen als, ersetzen. • 13 **pauvre de moi** (vx.): ich Armer, Ärmster! • **lâche:** feige (*la lâcheté:* Feigheit). • 19 **la veulerie** (litt.): Willensschwäche, Feigheit.

Nous en avons souvent parlé. Nous avons tant battu notre coulpe devant des croûtes de pizzas et des cendriers de fortune. Nous n'avons besoin de personne pour nous appuyer sur la nuque. Nous
5 sommes assez grands pour la courber seuls et quel que soit le nombre de bouteilles vides, nous en arrivons toujours à la même conclusion. Que si nous sommes ainsi, silencieux et déterminés mais toujours impuissants face aux cons, c'est justement
10 parce que nous n'avons pas la moindre parcelle de confiance en nous. Nous ne nous aimons pas.

Pas personnellement, j'entends.

Nous ne nous accordons pas tellement d'importance.

15 Pas assez pour postillonner sur le gilet du père Molinoux. Pas assez pour croire une seconde que nos cris d'orfraie pourraient infléchir la courbe de ses pensées. Pas assez pour espérer que nos mouvements de dégoût, nos serviettes jetées sur la
20 table et nos chaises renversées puissent changer de quelque manière que ce soit la marche du monde.

---

1 f. **battre sa coulpe** (litt.): sich an die Brust schlagen, sich schuldig bekennen (*la coulpe*, vx.: Sünde). • 3 **de fortune:** improvisiert, behelfsmäßig. • 5 **courber:** (nach unten) biegen, krümmen (*la courbe:* Kurve, Biegung, Linie). • 12 **entendre:** hier: meinen, verstehen. • 13 **s'accorder qc:** sich etwas zugestehen. • 15 **postillonner:** spucken (*le postillon:* Spucke). • **le père …** (fam.): der alte (Herr) … • 17 **pousser des cris d'orfraie** (loc.): wie am Spieß schreien (*une orfraie:* Seeadler). • **infléchir:** eine andere Richtung geben, revidieren. • 19 **le dégoût:** Abscheu (*dégoûtant, e:* ekelhaft, widerlich).

Qu'aurait-il pensé ce brave contribuable en nous regardant nous agiter ainsi et quitter son logis la tête haute? Il aurait simplement gavé sa femme toute la soirée en répétant:

5 «Quels petits cons. Non mais, quels petits cons. Non mais, vraiment, quels petits cons ...»

Pourquoi imposer cela à cette pauvre femme?

Qui sommes-nous pour gâcher la fête de vingt personnes?

10 On peut aussi dire que ce n'est pas de la lâcheté. On peut aussi admettre que c'est de la sagesse. Admettre que nous savons prendre du recul. Que nous n'aimons pas marcher dans la merde. Que nous sommes plus honnêtes que tous ces gens qui 15 moulinent sans cesse et n'irriguent nulle part.

Oui, c'est ainsi que nous nous réconfortons. En nous rappelant que nous sommes jeunes et déjà trop lucides. Que nous nous tenons à mille coudées au-dessus de la fourmilière et que la bêtise ne nous

---

1 **le/la contribuable:** Steuerzahler(in). • 2 **le logis** (litt.): heimischer Herd, Heim, Haus. • 3 **gaver:** stopfen (ein Tier); hier (fam.): nerven. • 7 **imposer qc à qn:** jdm. etwas aufzwingen; jdm. etwas zumuten. • 8 **gâcher qc:** etwas verderben; etwas verschwenden. • 11 **la sagesse:** Weisheit (*sage:* weise; brav). • 12 **prendre du recul:** auf Abstand gehen (*le recul:* Rückzug). • 15 **mouliner sans cesse et n'irriger nulle part** (loc.): nur heiße Luft von sich geben (*mouliner:* mahlen; *irriger:* bewässern). • 16 **réconforter:** trösten (*le réconfort:* Trost). • 17f. **être lucide:** klar denken. • 18 **la coudée** (vx.): Elle (alte Maßeinheit). • 19 **la fourmilière:** Ameisenhaufen; hier (fig.): geschäftiges Treiben.

atteint pas tant que ça. Nous nous en moquons.
Nous avons autre chose. Nous avons nous. Nous
sommes riches autrement.

Il suffit de se pencher à l'intérieur.

5 Il y a plein de choses dans notre tête. Plein de
choses très éloignées de ces borborygmes racistes. Il
y a la musique et les écrivains. Des chemins, des
mains, des tanières. Des bouts d'étoiles filantes re-
copiés sur des reçus de carte bleue, des pages arra-
10 chées, des souvenirs heureux et des souvenirs affreux. Des chansons, des refrains sur le bout de nos
langues. Des messages archivés, des livres massues,
des oursons à la guimauve et des disques rayés.
Notre enfance, nos solitudes, nos premiers émois et
15 nos projets d'avenir. Toutes ces heures de guet et
toutes ces portes tenues. Les flip-flap de Buster
Keaton. La lettre d'Armand Robin à la Gestapo et

4 **se pencher:** sich lehnen, beugen. • 6 **le borborygme:** Darmge-
räusch; hier (fig.): Äußerung. • 8 **la tanière:** Höhle, Bau; hier (fig.):
Schlupfloch. • **une étoile filante:** Sternschnuppe. • 9 **le reçu:** Quit-
tung. • **la carte bleue:** Kreditkarte. • 12 **le livre massue** (fig.): dicker Wälzer (*la massue:* Keule). • 13 **la guimauve:** Schaumzu-
cker. • **rayé, e:** zerkratzt; gestreift (*la rayure:* Kratzer, Streifen). •
14 **un émoi** (litt.): Herzklopfen, Aufregung. • 15 **le guet:** Lauer,
Warten. • 16 **la porte tenue** (fig.): hier etwa: Solidarität. • **le flip-
flap** (angl.): Salto. • 17 **Keaton:** Buster Keaton (1895–1966), amerikanischer Schauspieler; feierte seine großen Erfolge während
der Stummfilmzeit. • **Robin:** Armand Robin (1912–61), französischer Schriftsteller und Journalist; ließ sich freiwillig auf die
»Schwarze Liste« für unliebsame Autoren des Nationalsozialis-
mus setzen. 1943 offener Brief an die Gestapo, in dem er ihre Ma-

le bélier des nuages de Michel Leiris. La scène où
Clint Eastwood se retourne en disant *Oh … and
don't kid yourself Francesca …* et celle où Nicola
Carati soutient ses malades suppliciés au procès de
5 leur bourreau. Les bals du 14 Juillet à Villiers.
L'odeur des coings dans la cave. Nos grands-pa-
rents, le sabre de Monsieur Racine, sa cuirasse lui-

chenschaften kritisiert (*Lettre indésirable N° 1*). · 1 **le bélier:**
Widder. · **Leiris:** Michel Leiris (1901–90), französischer Schriftsteller und Ethnologe; »le bélier des nuages« ist eine Zeile aus
dem Gedicht *Léna* im Gedichtband *Haut mal*, 1969. · 2 **Eastwood:** Clint Eastwood (*1930), US-amerikanischer Schauspieler
und Filmregisseur. Große Erfolge u. a. als Westernheld. »Oh …
and don't kid yourself Francesca« ist eine Passage aus dem berühmten Liebesfilm *The Bridges of Madison County* (*Die Brü-
cken am Fluss*, 1995). · 4 **Carati:** Nicola Carati, Figur aus der Fa-
miliensaga *Die besten Jahre* (*La meglio gioventù*, frz. *Nos
meilleures années*, 2003). Nicola (Luigi Lo Cascio, *1967) kämpft
gemeinsam mit den Insassen einer psychiatrischen Klinik vor Ge-
richt gegen die unmenschlichen Bedingungen in den Irrenhäusern
und kann erreichen, dass diese besser durch den Staat kontrolliert
werden. · **supplicié, e:** gefoltert, gequält (*le supplice:* Marter,
Qual). · 5 **le bourreau:** Henker; Peiniger. · **le 14 Juillet:** französischer Nationalfeiertag; erinnert – anders als üblicherweise ange-
nommen – nicht an den *Sturm* auf die Bastille am 14. Juli 1789,
sondern an das Föderationsfest (*Fête de la Fédération*) 1790, das
sich aber auf den Volksaufstand im Vorjahr bezog; wird heute mit
Militärparaden, Feuerwerken, Musik und Tanz begangen. · **Villiers:** Villiers-sur-Marne, Stadt südöstlich von Paris im Département Val-de-Marne. · 6 **le coing:** Quitte. · 7 **le sabre:** Säbel. ·
Monsieur Racine: Figur aus dem Kinderbilderbuch *La grosse bête
de Monsieur Racine* (*Das Biest des Monsieur Racine*) des französischen Schriftstellers und Zeichners Tomi Ungerer. · **la cuirasse:**
Harnisch, Panzer. · 7 f. **luisant, e:** glänzend, schimmernd (*luire:*
glänzen, schimmern).

sante, nos fantasmes de provinciaux et nos veilles d'examen. L'imperméable de Mam'zelle Jeanne quand elle monte derrière Gaston sur sa moto. *Les Passagers du vent* de François Bourgeon et les pre-
5 mières lignes du livre d'André Gorz à sa femme que Lola m'a lues hier soir au téléphone alors que nous venions encore de saquer l'amour pendant une plombe: «Tu vas avoir quatre-vingt-deux ans. Tu as rapetissé de six centimètres, tu ne pèses que qua-
10 rante-cinq kilos et tu es toujours belle, gracieuse et désirable.» Marcello Mastroianni dans *Les Yeux noirs* et les robes de Cristóbal Balenciaga. L'odeur

---

1 **le fantasme:** Fantasievorstellung, Hirngespinst. · **la veille:** Vortag, Vorabend. · 2 f. **Mam'zelle Jeanne / Gaston:** Figuren aus dem gleichnamigen Comic-Strip *Gaston* des belgischen Comic-Zeichners André Franquin (1924–97). Geschichten um den chaotischen Büroboten Gaston Lagaffe und andere Mitarbeiter wie die Sekretärin Mam'zelle Jeanne, die einander sehr zugetan sind. · 4 **Bourgeon:** François Bourgeon (*1945), französischer Comic-Zeichner und -Autor. Große Bekanntheit erlangte er u. a. durch seine Historiencomic-Serie *Les Passagers du vent* (*Reisende im Wind*). · 5 **Gorz:** André Gorz, eigtl. Gerhardt Hirsch (1923–2007), französischer Philosoph und Journalist österreichischen Ursprungs (Mitbegründer des *Nouvel Observateur*). Begeht zusammen mit seiner kranken Frau Dorine 2007 Selbstmord. Er widmet ihr sein letztes Werk *Lettres à D. – Histoire d'un amour* (2006). · 7 **saquer** (fam.): feuern; hier: verfluchen. · 8 **la plombe** (arg.): Stunde. · 9 **rapetisser:** kleiner werden, schrumpfen. · 11 **Mastroianni:** Marcello Mastroianni (1924–96), italienischer Schauspieler; in *Les yeux noirs* (*Oci ciornie*, *Schwarze Augen*, 1987) spielt er einen verheirateten Frauenliebhaber, der sich in eine Russin verliebt und sie durch seine Feigheit verliert. · 12 **Balenciaga:** Cristóbal Balenciaga (1895–1972), bekannter spanischer Modemacher.

de poussière et de pain sec des chevaux, le soir, quand nous descendions du car. Les Lalanne dans leurs ateliers séparés par un jardin. La nuit où nous avons repeint la rue des Vertus et celle où nous 5 avons glissé une peau de hareng sous la terrasse du restaurant où travaillait cet âne bâté de Poêle Tefal. Et ce trajet, allongés sur des cartons à l'arrière d'une camionnette, pendant que Vincent nous lisait tout *L'Établi* à haute voix. La tête de Simon quand 10 il a entendu Björk pour la première fois de sa vie et Monteverdi sur le parking du Macumba.

Toutes ces bêtises, tous ces remords, et nos bulles de savon à l'enterrement du parrain de Lola …

Nos amours perdues, nos lettres déchirées et nos 15 amis au téléphone. Ces nuits mémorables, cette manie de toujours tout déménager et celui ou celle que nous bousculerons demain en courant après un autobus qui ne nous aura pas attendus.

---

6 **un âne bâté** (fig.; vx.): Ignorant, Trampel. • **la Poêle Tefal:** Teflonpfanne; hier Bezeichnung für einen Koch. • 9 **«L'Établi»:** Titel eines Buchs des Soziologen Robert Linhart (*1943) von 1978 über seine Erfahrungen als trotzkistisch-maoistisch orientierter Student in einer Citroën-Fabrik in Paris. • 10 **Björk:** eigtl. Björk Guðmundsdóttir (*1965), isländische Sängerin und Schauspielerin. • 11 **Monteverdi:** Claudio Monteverdi (1567–1643), italienischer Komponist. • **Le Macumba:** häufiger Name von Provinzdiskos in Frankreich. • 12 **le remords:** Gewissensbisse, Reue, Schuldgefühl. • 13 **le parrain:** Patenonkel, Pate (*la marraine:* Patentante, Patin). • 15 **mémorable:** denkwürdig. • 17 **bousculer:** anrempeln, anstoßen.

Tout ça et plus encore.

Assez pour ne pas s'abîmer l'âme.

Assez pour ne pas essayer de discuter avec les abrutis.

5 Qu'ils crèvent.

Ils crèveront de toute façon.

Ils crèveront seuls pendant que nous serons au cinéma.

Voilà ce qu'on se dit pour se consoler de n'être pas
10 partis ce jour-là.

On se rappelle aussi que tout ça, cette apparente indifférence, cette discrétion, cette faiblesse aussi, c'est la faute de nos parents.

De leur faute, ou grâce à eux.

15 Parce que ce sont eux qui nous ont appris les livres et la musique. Ce sont eux qui nous ont parlé d'autre chose et qui nous ont forcés à voir autrement. Plus haut, plus loin. Mais ce sont eux aussi qui ont oublié de nous donner la confiance. Ils pen-
20 saient que ça viendrait tout seul. Que nous étions un peu doués pour la vie et que les compliments nous gâcheraient l'ego.

Raté.

Ça n'est jamais venu.

---

2 **une âme:** Seele, Gemüt, Psyche. · 4 **un abruti / une abrutie:** Idi-
ot(in), Blödmann, Trottel. · 5 **crever** (pop.): sterben, krepieren. ·
23 **(c'est) râté, e** (fam.): Pech gehabt.

Et maintenant nous sommes là. Sublimes to-
quards. Silencieux face aux excités avec nos coups
d'éclat manqués et notre vague envie de vomir.

Trop de crème pâtissière peut-être …

5 Un jour, je me souviens, nous étions en famille sur
une plage près d'Hossegor – et c'était rare que
nous soyons en famille quelque part, parce que la
Famille avec un grand F majuscule, ça n'a jamais
été exactement pour nous – notre Pop (notre papa
10 n'a jamais voulu qu'on l'appelle Papa et, quand les
gens s'en étonnaient, nous répondions que c'était à
cause de mai soixante-huit. Ça nous plaisait bien
comme explication, «Mai 68», c'était comme un
code secret, c'était comme si on disait «C'est parce
15 qu'il vient de la planète Zorg»), notre Pop, donc, a
dû lever le nez de son livre et il a dit:

«Les enfants, vous voyez cette plage?

(La Côte d'Argent, vous voyez comme plage?)

Eh bien, vous savez ce que vous êtes, vous, dans
20 l'univers?

(Oui! Des privés de Chichis!)

---

1 **sublime:** bewundernswert, überwältigend. · 1 f. **le toquard / la
toquarde** (fam.): Flasche, Niete, Null. · 4 **la crème pâtissière:**
Konditorcreme. · 6 **Hossegor:** kleiner Ort an der Atlantikküste;
Austragungsort der Weltmeisterschaften im Wellenreiten. ·
8 **majuscule:** großgeschrieben (*la majuscule:* Großbuchstabe). ·
21 **être privé, é de qc:** etwas nicht bekommen, Verzicht üben
müssen. · **le chichi:** Gebäckspezialität aus Südwestfrankreich
ähnlich den spanischen Churros.

Vous êtes ce grain de sable. Juste ce grain, là. Rien de plus.»

Nous l'avons cru.

Tant pis pour nous.

5 – Qu'est-ce que ça sent? s'inquiète Carine.

J'étais en train d'étaler la pâte de Madame Rachid sur mes jambes.

– Mais que … qu'est-ce que c'est que ce truc?!

– Je ne sais pas. Je crois que c'est du miel ou du
10 caramel mélangé avec de la cire et des épices …

– Quelle horreur! C'est vraiment dégoûtant. Et tu fais ça ici, toi?

– Bien obligée … Je ne vais pas y aller comme ça. On dirait un yéti.

15 Ma belle-sœur s'est retournée en soupirant.

– Tu fais attention aux fauteuils quand même … Simon, coupe la clim que j'ouvre ma fenêtre.

… s'il te plaît, ai-je ajouté entre mes dents.

Madame Rachid avait enveloppé ce gros loukoum
20 dans un tissu humide. «Riviens mi voir la prochaine fois. Riviens mi voir qui ji m'occupe di toi.

---

6 **étaler:** verteilen; auftragen. · · 10 **la cire:** (Bienen-)Wachs. · 17 **la clim** (fam.): *la climatisation:* Klimaanlage. · 19 **le loukoum:** Lukum (auch: Lokum), arabische Süßigkeit auf Basis von gelierter Stärke und Zucker. · 20 ff. **riviens mi voir … tout ci que ti vo** (plais.): Nachahmung des nordafrikanischen Akzents.

Qui ji m'occupe di ton pitit jardin d'amour. Ti verras comme il sira ton homme quand ji t'aurai tout enlevé, il sira comme un fou avec toi et ti pourras lui dimander tout ci que ti vo …» m'avait-elle assuré dans un clin d'œil.

Je souriais. Pas trop. Je venais de faire une tache sur l'accoudoir et jonglais avec mes Kleenex. Quel merdier.

– Et tu vas t'habiller dans la voiture aussi?

– On s'arrêtera un peu avant … Hein, Simon? Tu me trouveras bien un petit chemin?

– Qui sent la noisette?

– J'espère bien!

– Et Lola? demande encore Carine.

– Lola, quoi?

– Elle vient?

– Je ne sais pas.

– Tu ne sais pas? sursauta-t-elle.

– Non. Je ne sais pas.

– C'est incroyable … Avec vous, personne ne sait jamais. C'est toujours la même chose. C'est

---

6 **venir de faire qc:** gerade etwas getan haben. · 7 **le Kleenex** (angl.): Papiertaschentuch (Markenname; wie deutsch »Tempo«). · 8 **le merdier** (pop.): Chaos, Saustall. · 12 **la noisette:** Haselnuss. · 18 **sursauter:** aufschrecken, zusammenzucken (subst.: *le sursaut*).

toujours le grand flou artistique. Vous ne pouvez pas vous organiser un peu de temps en temps? Au moins un minimum?

– Je l'ai eue hier au téléphone, fis-je sèchement. Elle n'était pas très en forme et ne savait pas encore si elle venait.

– Tu m'étonnes …

Oh, que je n'aimais pas ce petit ton condescendant …

– Qu'est-ce qui t'étonne? grinçai-je.

– Oh là! Rien. Rien ne m'étonne plus avec vous! Et puis si Lola est comme ça, c'est aussi de sa faute. C'est ce qu'elle a voulu, non? Elle a quand même le chic pour se retrouver dans des galères pas possibles. On n'a pas idée de …

Je voyais le front de Simon se plisser dans le rétroviseur.

– Enfin, moi, ce que j'en dis, hein …

Oui. Exactement. Ce que t'en dis, hein …

---

1 **le flou artistique** (iron.): gewollte Unklarheit. • 7 **tu m'étonnes** (iron.): das war ja klar, das wundert mich nicht!; wundert dich das? • 8 f. **condescendant, e:** herablassend. • 10 **grincer:** quietschen, knarren; hier (fig.): *grincer des dents:* mit den Zähnen knirschen. • 13 f. **avoir le chic pour faire qc** (loc.): die seltene Begabung haben etwas zu tun. • 14 **la galère:** hier (fam.): Schlamassel. • 15 **on n'a pas idée de** (+ inf.): wie kann man nur …? • 16 **se plisser:** Falten bekommen, sich runzeln (*le plis:* Falte). • 16 f. **le rétroviseur:** Rückspiegel.

– Le problème avec Lo...

– Stop, l'explosai-je en plein vol, stop. J'ai pas assez dormi, là ... Une autre fois.

Elle a pris son air excédé:

5 – De toute façon, on ne peut jamais rien dire dans cette famille. Dès qu'on fait la moindre remarque les trois autres vous tombent dessus avec un couteau sous la gorge, c'est ridicule.

Simon cherchait mon regard.

10 – Et ça te fait sourire, toi? Ça vous fait sourire, tous les deux! C'est vraiment n'importe quoi. C'est puéril. On peut quand même avoir un avis, non? Comme vous ne voulez rien entendre, on ne peut rien dire et comme personne ne dit jamais rien,

15 vous restez intouchables. Vous ne vous remettez jamais en cause. Moi, je vais vous dire ce que j'en pense ...

Mais on s'en tape de ce que t'en penses, ma chérie!

20 – Je pense que cette espèce de protectionnisme, ce côté «on fait bloc et on vous emmerde» ne vous rend pas service. Ce n'est absolument pas constructif.

---

2 **exploser qn en plein vol** (fam.): jdn. plötzlich stoppen. · 4 **excédé, e:** genervt, verärgert. · 12 **puéril, e:** albern, kindisch. · 15 f. **se remettre en cause:** sich in Frage stellen. · 18 **on se tape de ...** (fam.): es ist uns piepegal. · 21 **faire bloc** (m.) **avec qn:** sich mit jdm. zusammenschließen. · **on vous emmerde** (fam.): ihr könnt uns mal! (*emmerder qn*, fam.: jdn. nerven).

– Mais *qu'est-ce* qui est constructif en ce bas monde, ma petite Carine?

– Oh et ça aussi, pitié. Arrêtez deux minutes avec votre philosophie de Socrates désabusés. Ça devient pathétique à votre âge. Dis donc, t'as fini là, avec ton mastic, parce que c'est vraiment ignoble ce machin …

– Oui, oui … la rassurai-je en roulant ma boule sur mes petits mollets blancs, j'y suis presque.

– Et tu ne te mets pas une crème après? Là, tes pores sont choqués, il faut que tu les réhydrates maintenant sinon tu vas avoir des points rouges jusqu'à demain.

– Zut, j'ai rien pris …

– Tu n'as pas de crème de soin?

– Non.

– Ni de crème de jour?

– Non.

– Ni de crème de nuit?

– Non.

– Tu n'as rien?

Elle était horrifiée.

– Si. J'ai une brosse à dents, du dentifrice, de

---

1 f. **en ce bas monde:** hienieden, auf dieser Erde. • 3 **(par) pitié:** ich bitte dich/euch, um Himmels Willen! • 4 **Socrate:** Sokrates (469–399 v. Chr.), griechischer Philosoph. • **désabusé, e:** desillusioniert, enttäuscht. • 6 **ignoble:** widerlich, ekelhaft. • 7 **le machin** (fam.): Sache, Ding. • 9 **le mollet:** Knöchel. • 11 **(ré)hydrater:** mit Feuchtigkeit versorgen. • 22 **horrifié, e:** entsetzt.

L'Heure Bleue, des préservatifs, du mascara et un tube de Labello rosé.

Elle était ébranlée.

– C'est tout ce que tu as dans ta trousse de toi-
5 lette?

– Euh … C'est dans mon sac. Je n'ai pas de trousse de toilette.

Elle a soupiré, est partie en mode forage dans son vanity et m'a tendu un gros tube blanc.

10 – Tiens, mets-toi ça quand même …

Je lui ai dit merci dans un vrai sourire. Elle était contente. C'est une super chieuse c'est vrai, mais elle aime bien faire plaisir. On peut lui reconnaître cette qualité quand même …

15 Et puis elle n'aime pas laisser des pores sous le choc. Ça lui fend le cœur.

Au bout d'un moment elle a ajouté:

– Garance?

– Mmmm …

20 – Tu sais ce que je trouve de profondément injuste?

– Les marges de Marionn…

– Eh bien c'est que tu seras belle quand même.

---

1 **«L'Heure Bleue»:** Frauenparfüm von Guerlain. • 3 **ébranlé, e:** erschüttert. • 4f. **la trousse de toilette:** Kulturbeutel. • 8 **partir en mode forage** (fam.): herumwühlen, graben (*le forage:* Bohren, Bohrung). • 13 **reconnaître:** hier: anerkennen (*la reconnaissance:* Anerkennung). • 16 **fendre:** spalten, hacken, brechen. • 22 **Marionnaud:** österreichische Parfümerie-Kette ähnlich Douglas.

Avec juste un peu de brillant à lèvres et une trace de Rimmel, tu seras belle. Ça me fait mal de te le dire, mais c'est la vérité …

Je n'en revenais pas. C'était la première fois depuis
5 des années qu'elle me disait quelque chose de gentil. Je l'aurais presque embrassée, mais elle m'a calmée aussitôt:
   – Hé! Tu me finis tout mon tube, là! C'est pas du L'Oréal, je te signale.

10 C'est ma Carine tout craché, ça … De peur d'être prise en flagrant délit de faiblesse, elle t'envoie systématiquement une petite pique après la caresse.
   Dommage. Elle se prive de plein de bons moments. C'eût été un bon moment pour elle si je
15 m'étais jetée à son cou sans crier gare. Un gros baiser nu entre deux camions … Mais non. Il faut toujours qu'elle gâche tout.
   Souvent je me dis que je devrais la prendre en stage chez moi quelques jours pour lui apprendre
20 la vie.

1 **le brillant à lèvres:** Lipgloss. · 2 **le Rimmel:** Maskara (Erfindung des Franzosen Eugène Rimmel; heute auch Name einer Kosmetikfirma). · 4 **ne pas en revenir:** es nicht fassen können. · 9 **signaler qc à qn:** jdn. auf etwas aufmerksam machen. · 10 **c'est XY tout craché** (fam.): das ist mal wieder typisch XY. · 10f. **prendre qn en flagrant délit** (m.): jdn. in flagranti, auf frischer Tat ertappen. · 12 **la pique:** Spieß; Lanze; hier (fig.): spitze Bemerkung, Stichelei. · 13 **se priver de qc:** auf etwas verzichten, sich um etwas bringen. · 15 **sans crier gare:** ohne Vorwarnung.

Qu'elle baisse enfin la garde, qu'elle se lâche, qu'elle tombe la blouse et oublie les miasmes des autres.

Ça me chagrine de la savoir comme ça, sanglée
5 dans ses préjugés et incapable de tendresse. Et puis je me souviens qu'elle a été élevée par les sémillants Jacques et Francine Molinoux au fond d'une impasse dans la banlieue résidentielle du Mans et je me dis que, tout compte fait, elle ne s'en
10 tire pas si mal …

La trêve n'a pas duré et Simon en a pris pour son grade:
– Ne roule pas si vite. Verrouille-nous, on s'approche du péage. Qu'est-ce que c'est que cette ra-
15 dio? Je n'ai pas dit vingt à l'heure quand même. Pourquoi tu as baissé la clim? Attention aux motards. Tu es sûr d'avoir pris la bonne carte? On

---

1 **baisser la garde** (fig.): weniger misstrauisch sein (*la garde:* hier: Grundstellung beim Boxen). • 2 **tomber qc** (fam.): etwas ablegen, ausziehen. • **les miasmes** (m.): Ausdünstungen. • 4 **chagriner qn**: jdm. Kummer machen; jdn. (ver)ärgern (*le chagrin:* Kummer). • **sangler**: gurten, einschnüren. • 6 f. **sémillant, e:** lebhaft. • 8 **une impasse:** Sackgasse. • **résidentiel, le:** vornehm. • 9 **Le Mans:** Stadt im Nordwesten Frankreichs in der Region Pays de la Loire; Austragungsort des 24-Stunden-Rennens von Le Mans. • **tout compte fait:** im Grunde genommen, immerhin. • 9 f. **s'en tirer bien** (fam.): seine Sache gut machen; sich gut aus der Affäre ziehen. • 11 **la trêve:** Waffenstillstand. • 11 f. **en prendre pour son grade** (fam.): eins aufs Dach bekommen. • 13 **verrouiller:** verriegeln (*le verrou:* Riegel; Schloss). • 16 f. **le motard / la motarde** (fam.): Motorradfahrer(in); Motorradpolizist(in).

peut lire les panneaux, s'il te plaît? C'est idiot, l'essence était sûrement moins chère là-bas ... Attention dans les virages, tu vois bien que je me fais les ongles! Mais ... Tu le fais exprès ou quoi?

5 J'aperçois la nuque de mon frère dans le creux de son appuie-tête. Sa belle nuque droite et ses cheveux coupés ras.

Je me demande comment il supporte ça et s'il ne rêve pas quelquefois de l'attacher à un arbre et de
10 démarrer en trombe.

Pourquoi lui parle-t-elle si mal? Sait-elle seulement à qui elle s'adresse? Sait-elle que l'homme assis à ses côtés était un dieu des modèles réduits? Un as du Meccano? Un génie des Lego System?

15 Un petit garçon patient qui a mis plusieurs mois à construire une planète délirante avec du lichen séché pour faire le sol et des bestioles hideuses fabriquées en mie de pain et roulées dans de la toile d'araignée?

20 Un petit gars têtu qui participait à tous les concours et les gagnait presque tous: Nesquik,

5 **le creux:** Mulde, Vertiefung. • 6 **un appuie-tête:** Kopfstütze. •
7 **ras, e:** kurz(geschnitten) • 10 **démarrer en trombe** (fam.): davon-
brausen (*la trombe:* Wolkenbruch). • 14 **le Meccano:** berühmter
Metallbaukasten der gleichnamigen britischen Firma. • 16 **déli-**
rant, e: verrückt, wahnsinnig; ungeheuerlich. • **le lichen:** Flechte. •
17 **la bestiole** (fam.): Tier(chen), Viech. • **hideux, -euse:** scheußlich, hässlich. • 18 **la mie de pain:** (Brot-)Krume. • 18f. **la toile**
d'araignée (f.): Spinnwebe. • 20 **le gars** (fam.): Kerl, Typ, Bursche,
Junge.

44

Ovomaltine, Babybel, Caran d'Ache, Kellogg's et Club Mickey?

Une année, son château de sable était si beau que les membres du jury l'ont disqualifié en l'accu-
5 sant de s'être fait aider. Il a pleuré tout l'après-midi et notre grand-père a dû l'emmener dans une crê-perie pour le consoler. Là, il a bu trois bolées de cidre d'affilée.

Sa première cuite.

10 Réalise-t-elle que son bon toutou de mari a porté jour et nuit et pendant des mois une cape de Super-man en satin rouge qu'il pliait consciencieusement dans son cartable chaque fois qu'il franchissait les grilles de l'école? Le seul garçon qui savait réparer
15 la photocopieuse de la mairie. Et le seul aussi qui ait jamais vu la culotte de Mylène Carois, la fille de la boucherie Carois et fils. (Il n'avait pas osé lui dire que ça ne l'intéressait pas tellement.)

---

1 **Caran d'Ache:** Schweizer Unternehmen, welches auf die Her-stellung von Schreibgeräten spezialisiert ist. • 2 **Club Mickey:** Kinderstrandclub in zahlreichen Städten; wird vom Kindermaga-zin *Le journal de Mickey* (Verlag Disney Hachette Presse) ge-sponsert und arbeitet mit dem Verband *Fédération Nationale des Clubs de Plage* (FNCP) zusammen. • 7 **la bolée** (région.): Inhalt einer Trinkschale. • 8 **d'affilée:** hintereinander, auf einen Schlag. • 9 **la cuite** (fam.): (Alkohol-)Rausch. • 10 **le toutou** (enf.): Wauwau, Hündchen; hier: Schoßhündchen. • 12 **conscien-cieux, -euse:** gewissenhaft, pflichtbewusst. • 13 **franchir:** über-queren, überwinden, springen über. • 14 **la grille:** Gitter, Gitter-tür.

Simon Lariot, le discret Simon Lariot, qui a toujours mené son petit bonhomme de chemin avec grâce et sans embêter personne.

Qui ne s'est jamais roulé par terre, qui n'a jamais rien exigé, qui ne s'est jamais plaint. Qui a réussi ses années de prépa et son entrée à l'École des mines sans grincement de dents et sans Ténormine. Qui n'a pas voulu fêter ça et a rougi jusqu'aux oreilles quand la directrice du lycée Stendhal l'a embrassé dans la rue pour le féliciter.

Le même grand garçon qui peut rire bêtement pendant vingt minutes montre en main quand il tire sur un joint et qui connaît *toutes* les trajectoires de *tous* les vaisseaux de *Star Wars*.

Je ne dis pas que c'est un saint, je dis qu'il est mieux que ça.

---

2 **mener son petit bonhomme de chemin** (loc.): ruhig und unbeirrt sein Ziel verfolgen, seinen Weg gehen. • 6 **la prépa** (fam.): *la classe préparatoire:* zweijährige Vorbereitungsklasse für das Studium an einer französischen Elitehochschule (*grande école*). • 6f. **l'École des mines:** *l'École nationale supérieure des mines* (ENSM)*:* Elitehochschule zur Ausbildung von Ingenieuren. • 7 **la Ténormine:** Tenormin (Markenname), Betablocker zur Vorbeugung von Bluthochdruck, Angina Pectoris und Herzinfarkt. • 12 **montre** (f.) **en main** (loc.): auf die Minute genau. • 13 **le joint:** Dichtung, Fuge; Gelenk. • **la trajectoire:** Kurs, Flugbahn. • 14 **le vaisseau (spatial):** (Raum-)Schiff. • **«Star Wars»:** *Krieg der Sterne* (1977–2008), Science-Fiction-Epos von Regisseur George Lukas (*1944).

46

Alors pourquoi? Pourquoi se laisse-t-il ainsi marcher sur les pieds? Mystère. Mille fois, j'ai voulu le secouer, lui ouvrir les yeux et lui demander de frapper du poing sur la table. Mille fois.

5 Un jour Lola a essayé. Il l'a envoyée bouler et lui a rétorqué que c'était sa vie.

C'est vrai. C'est sa vie. Mais c'est nous qui sommes tristes.

C'est idiot d'ailleurs. On a bien assez de travail
10 comme ça dans nos propres plates-bandes …

C'est avec Vincent qu'il parle le plus. À cause d'Internet. Ils s'écrivent tout le temps, s'envoient des blagues débiles et des adresses de sites pour trouver des vinyles, des guitares d'occasion ou des ama-
15 teurs de maquettes. Ainsi, Simon s'est déniché un super ami dans le Massachusetts avec lequel il échange des photos de leurs bateaux télécommandés respectifs. Ce dernier s'appelle Cecil (Sisseul) W. (Deubeulyou) Thurlinghton et habite une
20 grande maison sur l'île de Martha's Vineyard.

---

1 f. **se laisser marcher sur les pieds** (fig.): sich auf der Nase herumtanzen lassen. • 5 **envoyer qn bouler** (fam.): jdn. rausschmeißen. • 6 **rétorquer qc à qn:** jdm. etwas entgegnen, erwidern. • 13 **débile:** kraftlos; behindert; hier (fam.): idiotisch, schwachsinnig. • 14 **le vinyle:** hier: Schallplatte. • **d'occasion:** gebraucht, aus zweiter Hand. • 14 f. **un amateur / une amatrice:** hier: Liebhaber(in). • 15 **la maquette:** Modell. • **(se) dénicher:** ausfindig machen, aufstöbern. • 17 f. **télécommandé, e:** ferngesteuert. • 18 **respectif, -ive:** jeweilig. • 20 **Martha's Vineyard:** Insel vor der Südküste von Cape Cod im US-Bundesstaat Massachusetts.

Avec Lola, on trouve ça super chic … Martha's Vineyard … «Le berceau des Kennedy», comme ils disent dans *Paris Match.*

On rêve de prendre l'avion et d'approcher la
5 plage privée de Cecil en criant: «*Youhou! We are Simon's sisters! Darling Cécile! We are so very enchantède!*»

On l'imagine avec un blazer bleu marine, un pull en coton vieux rosé sur les épaules et un pantalon
10 en lin crème. Une vraie pub pour Ralph Lauren.

Quand on menace Simon d'un tel déshonneur, il perd un peu de son flegme.

– On dirait que tu le fais exprès! Je viens encore de déborder!
15 – Mais enfin, combien de couches tu te mets? finit-il par s'inquiéter.

– Trois.

– Trois couches?

– La base, la couleur et le fixateur.
20 – Ah …

– Attention, mais préviens-moi quand tu freines!

Il lève les sourcils. Non. Pardon. Un seul sourcil.

---

2 **le berceau:** Wiege; hier (fig.): Heimat. · 3 **«Paris Match»:** wöchentlich erscheinendes Klatschmagazin. · 11 **le déshonneur:** Schande, Schmach. · 12 **le flegme:** Phlegma, Gelassenheit, Ruhe. · 14 **déborder:** überlaufen, über die Ufer treten; hier: drübermalen. · 19 **la base:** hier: Unterlack. · **le fixateur:** Fixiermittel; hier: Überlack.

À quoi pense-t-il quand il lève ainsi son sourcil droit?

Nous avons mangé un sandwich caoutchouteux sur une aire d'autoroute. Un truc infâme. Je préconi-
5 sais plutôt un petit plat du jour chez un routier mais ils ne «savent pas laver la salade». C'est vrai. J'oubliais. Donc trois sandwichs sous vide. (Beaucoup plus hygiénique.)

«Ce n'est pas bon, mais au moins, on sait ce
10 qu'on mange!»

C'est un point de vue.

Nous étions assis à l'extérieur à côté des bennes à ordures. On entendait des «brrrrrammm» et des «brrrrroummm» toutes les deux secondes mais je
15 voulais fumer une cigarette et Carine ne supporte pas l'odeur du tabac.

– Il faut que j'aille aux toilettes, annonça-t-elle en prenant un air douloureux. Ça ne doit pas être le grand luxe ici …

---

3 **caoutchouteux, -euse:** gummiartig (*le caoutchouc:* Kautschuk, Gummi). • 4 **une aire:** Rastplatz, Raststätte. • **infâme:** schänd-lich, ehrlos; hier: abscheulich, widerlich (*une infamie:* Schande; Gemeinheit). • 4f. **préconiser:** empfehlen, raten zu (*la préconisa-tion:* Empfehlung, Befürwortung). • 5 **le routier:** Fernfahrer; hier: Fernfahrerraststätte. • 7 **sous vide:** vakuumverpackt. • 12f. **la benne à ordures:** Müllcontainer (*les ordures,* f. pl.!: Müll).

– Pourquoi tu ne vas pas dans l'herbe? lui de-
mandai-je.

– Devant tout le monde? Tu es folle!

– Tu n'as qu'à aller un peu plus loin. Je viens
5 avec toi si tu veux …

– Non.

– Pourquoi, non?

– Je vais salir mes chaussures.

– Oh … mais … Qu'est-ce que ça peut faire pour
10 trois petites gouttes?

Elle s'était levée sans daigner me répondre.

– Tu sais, Carine, déclarai-je solennellement, le
jour où tu aimeras faire pipi dans l'herbe, tu seras
beaucoup plus heureuse.

15 Elle a pris ses lingettes.

– Tout va très bien, je te remercie.

Je me suis tournée vers mon frère. Il fixait les
champs de maïs comme s'il essayait de compter
chaque épi. Il n'avait pas l'air très en forme.

20 – Ça va?

– Ça va, répondit-il sans se retourner.

– Ça n'a pas l'air …

Il se frottait le visage.

– Je suis fatigué.

---

3 **fou, fol, folle:** verrückt (*fou, fol, folle de* [+ subst.]: krank vor
…). · 4 **n'avoir qu'à faire qc:** nur etwas tun müssen. · 11 **daigner
faire qc:** sich dazu herablassen, die Güte haben etwas zu tun. ·
12 **solennel, le:** feierlich. · 17 **fixer:** hier: anstarren. · 19 **un épi:**
Ähre; Kolben.

– De quoi?

– De tout.

– Toi? Je ne te crois pas.

– Et pourtant c'est vrai …

5   – C'est ton boulot?

– Mon boulot. Ma vie. Tout.

– Pourquoi tu me dis ça?

– Pourquoi je ne te le dirais pas?

Il me tournait de nouveau le dos.

10 – Oh! Simon! Mais qu'est-ce que tu nous fais, là?
Hé, t'as pas le droit de parler comme ça. C'est toi
le héros de la famille, je te rappelle!

– Eh ben justement … Il est fatigué le héros.

J'en étais sur le cul. C'était la première fois que je
15 le voyais à la dérive.

Si Simon se mettait à douter, alors où allions-
nous?

À ce moment-là, et je dis que c'est un miracle, et
j'ajoute que ça ne m'étonne pas, et j'embrasse le
20 saint patron des frères et sœurs qui veille sur nous
depuis bientôt trente-cinq ans et qui n'a pas chômé
le brave homme, son portable a sonné.

---

14 **en être** (eher: *rester*) **sur le cul** (fam.): völlig baff sein. • 15 **être
à la dérive** (fig.): den Boden unter den Füßen verlieren, abdriften
(*la dérive:* Abdriften). • 20 **veiller sur:** wachen über (*la veillée:*
Wache). • 22 **brave:** mutig, anständig, gut.

C'était Lola qui s'était finalement décidée et lui demandait s'il pouvait passer la prendre à la gare de Châteauroux.

Le moral est revenu aussitôt. Il a glissé son portable
5 dans sa poche et m'a demandé une cigarette. Ca-rine est revenue en s'astiquant jusqu'aux coudes. Elle lui a rappelé le nombre exact des victimes du cancer du … Il a fait un petit geste de la main comme s'il voulait chasser une mouche et elle s'est
10 éloignée en toussotant.

Lola allait venir. Lola serait avec nous. Lola ne nous avait pas lâchés et le reste du monde pouvait bien s'évanouir.
Simon avait mis ses lunettes de soleil.
15 Il souriait.
Sa Lola était dans le train …

Il y a quelque chose de spécial entre eux deux. D'abord ce sont les plus rapprochés, dix-huit mois d'écart, et puis ils ont vraiment été *enfants* ensemble.
20 Les 400 coups c'était toujours eux. Lola avait

3 **Châteauroux:** Stadt in Zentralfrankreich, Hauptstadt des Départements Indre. • 4 **le moral:** (gute) Stimmung, Laune. • 6 **astiquer:** putzen, polieren, auf Hochglanz bringen. • 10 **toussoter:** hüsteln. • 12 **lâcher qn:** hier (fig.): jdn. im Stich lassen. • 13 **s'évanouir:** in Ohnmacht fallen; hier (litt.): verschwinden, sich in Luft auflösen. • 19 **un écart:** Abstand. • 20 **faire les quatre cents coups** (loc.): allerhand anstellen.

52

une imagination délirante et Simon était docile
(déjà …), ils se sont enfuis, ils se sont perdus, ils se
sont battus, ils se sont martyrisés et ils se sont ré-
conciliés. Maman raconte qu'elle l'asticotait conti-
5 nuellement, qu'elle venait toujours l'emmerder
dans sa chambre en lui arrachant son livre des
mains ou en shootant dans ses Playmobil. Ma
sœur n'aime pas qu'on lui rappelle ces faits
d'armes (elle a l'impression d'être mise dans le
10 même panier que Carine!), du coup notre mère se
sent obligée de rectifier le tir et d'ajouter qu'elle
était toujours partante pour bouger, pour inviter
tous les gamins alentour et inventer des tas de
nouveaux jeux. Que c'était une espèce de chef-
15 taine cool qui turbinait à mille idées la minute et
veillait sur son grand frère comme une poule om-
brageuse. Qu'elle lui confectionnait des gloubi-

---

1 **docile:** folgsam, fügsam; zahm. • 3 **(se) martyriser:** (sich) quälen
(*le martyre:* Qual, Martyrium). • 3 f. **se réconcilier:** sich versöh-
nen. • 4 **asticoter qn** (fam.): jdn. nerven (*un asticot:* Made). •
7 **shooter** (angl.): schießen, kicken (*le shoot:* Schuss). • 8 f. **le fait
d'armes** (milit.): Heldentat. • 9 f. **mettre dans le même panier**
(loc.): über einen Kamm scheren (*le panier:* Korb). • 10 **du coup**
(fam.): darum, deshalb. • 11 **rectifier le tir:** den Kurs ändern; etwas berichtigen (*le tir:* Schuss). • 12 **être partant, e pour qc:** für etwas zu haben sein, bei etwas mitmachen. • 13 **alentour:** ringsum,
in der Umgebung. • 14 f. **la cheftaine:** Führerin (einer Pfadfinder-
gruppe), Chefin. • 15 **turbiner** (pop.): schwer arbeiten, schuften,
malochen. • 16 f. **ombrageux, -euse:** schreckhaft, leicht scheu-
end. • 17 **confectionner:** zubereiten, anfertigen. • 17 f. **le gloubi-
boulga:** Lieblingsessen von Casimir, dem Helden der Kinderserie
L'île aux enfants (1974–82); für andere ungenießbar.

boulga au Benco et qu'elle venait le chercher au milieu de ses Lego quand c'était l'heure de Goldorak ou d'Albator.

Lola et Simon ont connu la Grande Époque. Celle
5 de Villiers. Quand nous habitions tous au fin fond de la cambrousse et que les parents étaient heureux ensemble. Pour eux, le monde commençait devant la maison et s'arrêtait au bout du village.

Ensemble, ils ont détalé devant des taureaux qui
10 n'en étaient pas et visité des maisons hantées pour de vrai.

Ils ont tiré sur la sonnette de la mère Margeval jusqu'à ce qu'elle soit mûre pour l'asile et détruit des pièges, ils ont pissé dans les lavoirs, trouvé les
15 magazines cochons du maître, volé des pétards, allumé des mammouths et péché des petits chats qu'un salaud avait enfermés vivants dans un sac en plastique.

Boum. Sept chatons d'un coup. C'est not' Pop
20 qui était content!

---

1 **le Benco:** Name eines löslichen Kakaogetränks der holländischen Firma Bensdorp. • 2f. **Goldorak / Albator:** japanische Trickfilmserien, die in den 80ern in Frankreich sehr erfolgreich waren. • 5f. **le fin fond de qc:** der hinterste Winkel einer Sache. • 6 **la cambrousse** (fam.): Land, Pampa. • 9 **détaler** (fam.): abhauen. • 10 **hanté, e:** heimgesucht, Geister… • 13 **mûr, e:** reif. • **un asile:** hier: (Irren-)Anstalt. • 14 **le piège:** Falle. • **le lavoir:** Waschhaus. • 15 **cochon, ne:** schmutzig, versaut. • **le pétard:** Kracher, Knaller, Knallkörper. • 16 **le mammouth:** hier: Riesenböller. • 17 **le salaud / la salope** (pop.): Dreckskerl, Schlampe.

Et le jour où le Tour de France est passé dans le village … Ils sont allés acheter cinquante baguettes et ont vendu des sandwichs à tour de bras. Avec les sous, ils se sont acheté des farces et attrapes, soixante Malabar, une corde à sauter pour moi, une petite trompette pour Vincent (déjà!) et le dernier *Yoko Tsuno*.

Oui, c'était une autre enfance … Eux savaient ce qu'était une dame de nage, fumaient des lianes et connaissaient le goût des groseilles à maquereau. D'ailleurs, l'événement qui les a le plus marqués a été consigné en secret derrière la porte de la remise:

«Aujourdui le 8 ~~at~~ avril on a vu l'abé en chorte»

Et puis ils ont vécu ensemble le divorce des parents. Vincent et moi étions trop petits. Nous, on a vraiment réalisé l'arnaque le jour du déménage-

---

3 **à tour de bras:** mit voller Wucht, wie wild. • 4 **les sous** (m.; fam.): Moneten, Geld. • **les farces** (f.) **et attrapes** (f.): Scherzartikel. • 5 **le Malabar:** Kaugummi der Firma Krema. • **la corde à sauter:** Springseil. • 6 **dernier, -ière:** hier: neueste(r), letzte(r). • 7 **Yoko Tsuno:** asiatische Comic-Heldin aus der gleichnamigen Comic-Reihe von Roger Leloup (*1933). • 9 **la dame de nage** (f.): Dolle (dient der Befestigung des Ruders am Boot). • **fumer des lianes:** etwa: Schneeball rauchen (die Äste des Schneeballs sind hohl und ähneln Lianen; Jugendliche auf dem Land machen damit häufig ihre ersten Raucherfahrungen). • 10 **le groseille à maquereau:** Stachelbeere (*le maquereau:* Makrele). • 11 **marquer:** prägen. • 12 **consigner:** vermerken, protokollieren. • 12f. **la remise:** Schuppen. • 14 **un abbé:** Abt. • 15 **le divorce:** Scheidung. • 17 **une arnaque** (fam.): Betrug, Schwindel, Beschiss.

ment. Eux, au contraire, ont eu l'occasion de profiter pleinement du spectacle. Ils se relevaient la nuit et allaient s'asseoir côte à côte en haut de l'escalier pour les entendre «se discuter». Un soir, Pop a fait tomber l'énorme armoire de la cuisine et Maman est partie avec la voiture.

Ils suçaient leur pouce dix marches plus haut.

C'est idiot de raconter tout ça, leur complicité tient à beaucoup plus qu'à ce genre de moments un peu lourds. Mais enfin …

C'est tout à fait différent pour Vincent et moi. Nous, on a été minots à la ville. Moins de vélo et plus de télé … On était incapables de coller une rustine mais on savait comment gruger les contrôleurs, entrer dans les cinémas par la sortie de secours ou réparer une planche de skate.
Et puis Lola est partie en pension et il n'y a plus eu personne pour nous souffler des idées de bêtises et nous courser dans le jardin …

---

3 **côte à côte:** nebeneinander, Seite an Seite. • 7 **sucer:** lutschen, saugen. • 8 **la complicité:** (geheimes) Einverständnis, enge Verbundenheit (*complice:* verständnisinnig, komplizenhaft, mitwissend). • 8f. **tenir à:** zurückzuführen sein auf, herrühren von. • 12 **le minot** (fam.; region.): kleines Kind, Kindchen. • 14 **la rustine:** Flicken. • **gruger:** betrügen, hereinlegen. • 15f. **la sortie de secours** (m.): Notausgang. • 16 **la planche de skate:** Skateboard. • 17 **la pension:** hier: Internat(sschule). • 18 **souffler qc à qn:** jdm. etwas zuflüstern, jdm. vorsagen. • 19 **courser qn** (fam.): jdn. verfolgen, jdm. hinterherrennen.

Nous nous écrivions toutes les semaines. Elle était ma grande sœur chérie. Je l'idéalisais, je lui envoyais des dessins et lui écrivais des poèmes. Quand elle rentrait, elle me demandait si Vincent
5 s'était bien comporté pendant son absence. Bien sûr que non, lui répondais-je, bien sûr que non. Et je racontais dans le détail toutes les infamies dont j'avais été la victime la semaine passée. À ce moment-là, et à ma grande satisfaction, elle le traînait
10 jusque dans la salle de bains pour le cravacher.

Plus mon frère hurlait, mieux je bichais.

Et puis un jour, pour que ce soit meilleur encore, j'ai voulu le voir souffrir. Et là, horreur, ma sœur donnait des coups de cravache dans un polochon
15 pendant que Vincent beuglait en rythme et en lisant un *Boule et Bill*. Ce fut une affreuse déception. Ce jour-là, Lola est tombée de son piédestal.

Ce qui s'avéra être une bonne chose. Nous étions désormais à la même hauteur.

---

2 **chéri, e:** geliebt. • 5 **se comporter:** sich benehmen, verhalten (*le comportement:* Benehmen, Verhalten). • 9 **traîner:** ziehen, schleppen, schleifen. • 10 **cravacher:** die Peitsche geben, auspeitschen (*la cravache:* Peitsche). • 11 **hurler:** schreien, brüllen. • **bicher** (fam.; vx.): gut gehen; sich freuen. • 14 **le polochon:** Nackenkissen, Nackenrolle. • 15 **beugler:** muhen, brüllen (Tier); hier (fam.): brüllen, grölen. • 16 **Boule et Bill:** *Schnieff und Schnuff*, Comic-Reihe des belgischen Comic-Zeichners Jean Roba (1930–2006). • 17 **le piédestal:** Podest, Sockel. • 18 **s'avérer être qn/qc:** sich als … herausstellen, erweisen. • 19 **désormais:** von nun an, nunmehr.

Aujourd'hui elle est ma meilleure amie. Ce truc à la Montaigne et La Boétie, vous savez … Parce que c'était elle, parce que c'était moi. Et que cette jeune femme de trente-deux ans soit ma sœur aînée est tout à fait anecdotique. Disons un petit plus dans la mesure où nous n'avons pas perdu de temps à nous trouver.

À elle *Les Essais*, les super théories, que l'on est puny pour s'opiniastrer et que philosopher c'est apprendre à mourir. À moi le *Discours de la servitude volontaire*, les abus infinis et tous ces tyrans qui ne sont grands que parce que nous sommes à genoux. À elle la vraye cognoissance, à moi les tribunaux. À nous deux l'impression d'estre la moitié de tout et que l'une sans l'autre ne serait plus qu'à demy.

1 **Montaigne:** Michel de Montaigne (Michel Eyquem, Seigneur de Montaigne, 1533–92), französischer Politiker und Philosoph, Begründer der Essayistik. Seine *Essais* sind in drei Bänden (»livres«) erschienen. • **La Boétie:** Étienne de La Boétie (1530–63), französischer Schriftsteller. Eines seiner wichtigsten Werke ist der *Discours de la servitude volontaire* (*Von der freiwilligen Knechtschaft*), eine Schrift gegen die Tyrannei. Die Freundschaft zwischen Montaigne und La Boétie ist sprichwörtlich. • 2 ff. **parce que c'était elle … plus qu'à demy:** Anspielung auf ein berühmtes Zitat aus Montaignes Essai *De l'amitié* (*Von der Freundschaft*): »parce que c'était lui; parce que c'était moi […] nous étions à moitié de tout […] qu'il me semble n'être plus qu'à demi« (*demy*, *vraye*, *estre*, *s'opiniastrer* usw. sind Schreibweisen des 16. Jahrhunderts). • 8 ff. **on est puny … la vraye cognoissance:** weitere berühmt gewordene Zitate aus Montaignes Essais. • 9 **s'opiniâtrer à faire qc** (litt.; vx.): sich darauf versteifen etwas zu tun.

Nous sommes bien différentes pourtant … Elle a peur de son ombre, je m'assois dessus. Elle recopie des sonnets, je télécharge des samples. Elle admire les peintres, je préfère les photographes. Elle ne dit
5 jamais ce qu'elle a sur le cœur, je dis tout ce que je pense. Elle n'aime pas les conflits, j'aime que les choses soient bien claires. Elle aime être «un peu pompette», je préfère boire. Elle n'aime pas sortir, je n'aime pas rentrer. Elle ne sait pas s'amuser, je
10 ne sais pas me coucher. Elle n'aime pas jouer, je n'aime pas perdre. Elle a des bras immenses, j'ai la bonté un peu échaudée. Elle ne s'énerve jamais, je pète les plombs.

Elle dit que le monde appartient à ceux qui se lè-
15 vent tôt, je la supplie de parler moins fort. Elle est romantique, je suis pragmatique. Elle s'est mariée, je papillonne. Elle ne peut pas coucher avec un garçon sans être amoureuse, je ne peux pas cou-cher avec un garçon sans préservatif. Elle … Elle a
20 besoin de moi et j'ai besoin d'elle.

---

2 **recopier:** abschreiben. · 3 **télécharger:** herunterladen, downloa-den. · **le sample** (angl.): Sample; Teil einer Ton- oder Musikauf-nahme. · 8 **pompette** (fam.): angeheitert, beschwipst. · 11 **avoir des bras immenses** (fig.): sehr großzügig sein. · 12 **échaudé, e:** verbrüht; vertrocknet; hier (fig.): zurückhaltend. · 13 **péter les plombs** (fam.): ausrasten, ausflippen (*péter*, fam.: platzen, zer-springen lassen; *le plomb:* Blei; hier: Sicherung). · 15 **supplier:** inständig bitten, (an)flehen. · 17 **papillonner:** herumschwirren; hier etwa: von einem Liebesabenteuer ins nächste springen (wie der Schmetterling von Blüte zu Blüte).

Elle ne me juge pas. Elle me prend comme je suis. Avec mon teint gris et mes idées noires. Ou avec mon teint rosé et mes idées bouton-d'or. Lola sait ce que c'est qu'une grosse envie de caban ou de ta-
5 lons hauts. Elle comprend le plaisir qu'il y a à faire chauffer une carte de crédit et à culpabiliser à mort dès qu'elle a refroidi. Lola me gâte. Elle tient le ri-deau quand je suis dans la cabine d'essayage, me dit toujours que je suis belle et que non, pas du
10 tout, ça ne me fait pas un gros cul. Elle me de-mande à chaque fois comment vont mes amours et fait la moue quand je lui parle de mes amants.

Quand nous ne nous sommes pas vues depuis longtemps, elle m'emmène dans une brasserie,
15 chez Bofinger ou au Balzar pour regarder les gar-çons. Je me concentre sur ceux des tables voi-sines et elle, sur les serveurs. Elle est fascinée par ces grands dadais en gilet cintré. Elle les suit du regard, leur invente des destins à la Sautet et

---

3 **bouton-d'or** (fig.): etwa: fulminant, prächtig, brillant (*le bouton-d'or:* Hahnenfuß, Butterblume). • 4 **le caban:** Caban; traditionel-le Seemannsjacke. • 4f. **le talon:** Ferse, Absatz. • 6 **culpabiliser:** sich Vorwürfe machen. • 7 **gâter qn:** jdn. verwöhnen. • 10 **le cul** (fam.): Hintern, Arsch. • 12 **faire la moue:** ein schiefes Gesicht ziehen; die Nase rümpfen. • **un amant:** Liebhaber (*une maîtresse:* Geliebte, Mätresse). • 14 **la brasserie:** Brauerei. • 15 **Bofinger / Balzar:** berühmte Pariser *brasseries* (Restaurants). • 18 **le dadais:** Tollpatsch. • **cintré, e:** tailliert. • 19 **le destin:** Schicksal (*être desti-né, e à faire qc:* dazu bestimmt sein etwas zu tun). • **Sautet:** Clau-de Sautet (1924–2000), französischer Regisseur; hier Anspielung auf seinen Film *Garçon!* (1983): Ein alternder Kellner in einer Pariser Brauerei lernt die Liebe kennen.

dissèque leurs manières stylées. Le truc rigolo, c'est qu'il arrive toujours un moment où l'on en voit un passer dans l'autre sens à la fin de son service. Il ne ressemble plus à rien. Le jean ou le bas
5 de survêt' a remplacé le grand tablier blanc et il salue ses collègues en les apostrophant vulgairement:

    – Salut Bernard!

    – Salut Mimi. On t'voit d'main?

    – C'est ça. Espère, mon con.

10   Lola baisse les yeux et sauce son assiette avec les doigts. Adieu veaux, vaches, cochons, Paul, François et les autres …

Nous nous étions un peu perdues de vue. Sa pension, ses études, sa liste de mariage, ses vacances
15 chez ses beaux-parents, ses dîners …

---

1 **disséquer:** sezieren; zerlegen, auseinandernehmen (*la dissection:* Sektion, Sezieren). • **rigolo, te** (fam.): witzig, lustig. • 5 **le survêt'** (fam.): *le survêtement:* Trainingsanzug. • 6 **apostropher:** anfahren (*une apostrophe:* hier: barsche Anrede). • 9 **le con / la conne** (fam.): Blödmann, blöde Ziege (*con, ne,* fam.: dumm, doof). • 10 **saucer:** mit (Brot) austunken, auswischen. • 11 **Adieu veau, vaches, cochon:** Zeile aus der Fabel *La Laitière et le Pot au lait* von Jean de la Fontaine (1621–95): eine Fabel über Luftschlössser und geplatzte Träume. • 11 f. **Paul, François et les autres:** Anspielung auf den Sautet-Film *Vincent, François, Paul … et les autres* (*Vincent, François, Paul und die anderen,* 1974): das Auf und Ab der Schicksale einer Gruppe von Freunden. • 15 **les beaux-parents:** Schwiegereltern.

L'accolade était là, mais il nous manquait l'abandon. Elle avait changé de camp. D'équipe, plutôt.
Elle ne jouait pas *contre* nous, elle jouait dans une
ligue qui nous ennuyait un peu. Un genre de cri-
5 cket à la con avec plein de règles imbitables, où tu
cours après un truc que tu ne vois jamais et qui fait
mal en plus … Un truc en cuir avec un cœur en
liège. (Hé, ma Lolo! Sans faire exprès, je viens de
tout résumer!)
10 Alors que nous, «les petits», nous en étions encore à des schémas plus basiques. Beau gazon ⇒
houba, houba! Canettes et galipettes. Grands garçons en polo blanc ⇒ honk, honk! Batte dans le
derrière. Enfin, vous voyez le genre … Pas vrai-
15 ment mûrs pour les promenades autour du bassin
de Neptune …

---

1 **une accolade**: Umarmung. • 1f. **un abandon**: Verlassen, Aufga-
be; hier: Ungezwungenheit. • 5 **à la con** (fam.): blöd, dumm. •
imbitable (fam.): unverständlich. • 8 **le liège**: Kork. • 11 **le gazon**: Rasen. • 12 **houba, houba**: huba, huba!; primitiver Laut des
Marsupilami, einer Figur aus der Comic-Serie *Spirou und Fanta-
sio* des belgischen Comic-Zeichners André Franquin (1924–97);
das Marsupilami ist ein Mischwesen zwischen Beuteltier und Katze. • **la canette**: Dose. • **la galipette** (fam.): Purzelbaum; Dumm-
heit; leidenschaftliches Liebesspiel. • 13 **honk, honk**: eine Art
Urlaut. • **la batte**: Schläger; hier (vulg.): Gegenstand, den man
sich in den Hintern steckt. • 14 **le derrière** (fam.): Hinterteil, Hintern. • 15 **mûr, e**: reif. • 15f. **le bassin de Neptune**: das Neptun-
becken, bedeutender Bestandteil der Wasserspiele in Versailles,
vom Landschafts- und Gartengestalter André Le Nôtre (1678–82)
erbaut, erhielt sein heutiges Aussehen unter Ludwig XV.

Donc voilà. On s'envoyait des petits coucous de loin. Elle m'a faite marraine de son premier enfant et je l'ai faite dépositaire de mon premier chagrin d'amour (et j'en ai pleuré, des fonts baptismaux …), mais entre ce genre de grands événements il ne se passait pas grand-chose. Des anniversaires, des déjeuners de famille, quelques cigarettes en cachette de son cher et pou, un clin d'œil complice, ou sa tête sur mon épaule quand nous regardions les mêmes photos …

C'était la vie … La sienne, du moins.

Respect.

Et puis elle nous est revenue. Couverte de cendres et le regard fou de la pyromane qui vient rendre la boîte d'allumettes. Demandeuse d'un divorce auquel personne ne s'attendait. Il faut dire qu'elle cachait bien son jeu, la bougresse. Tout le monde la pensait heureuse. Et je crois même qu'elle était admirée pour cela, d'avoir su trouver la sortie si vite et si facilement. «Lola a tout bon», admettions-

1 **le coucou:** Kuckuck; hier (fam.): Hallo. · 4 **les fonts baptismaux** (m. pl.!): Taufbecken, Taufstein; hier (fig.): Bäche. · 7 **en cachette:** heimlich (*la cachette*: Versteck). · 8 **son cher et pou:** Wortspiel mit *pou* (Laus) / *époux*. · 13 **couverte de cendres** (fig.): eigtl.: *la tête couverte de cendres:* im Büßergewand, voller Reue (*la cendre:* Asche). · 16 **s'attendre à qc** etwas erwarten, auf etwas gefasst sein. · 16f. **cacher son jeu** (loc.): mit verdeckten Karten spielen. · 17 **le bougre / la bougresse** (fam.): Dummkopf, Idiot; Miststück. · 20f. **admettre:** zugeben.

nous sans amertume et sans l'envier. Lola continue d'inventer les meilleures chasses au trésor …

Et puis badaboum. Changement de programme.

Elle a débarqué chez moi à l'improviste et à une
5 heure qui ne lui ressemblait pas. À l'heure des bains et des histoires du soir. Elle pleurait, elle demandait pardon. Elle pensait sincèrement que son entourage était ce qui la justifiait sur cette terre et que le reste, tout le reste, ce qui couvait dans sa
10 tête, sa vie secrète et tous les petits replis de son âme n'avaient pas tellement d'importance. Ce qu'il fallait, c'était être gaie et tirer sur le joug sans en avoir l'air. Et quand ça devenait plus difficile, il y avait la solitude, le dessin … les promenades, de
15 plus en plus longues, derrière la poussette, les livres des enfants et la vie domestique dans lesquels il était si confortable de se retirer.

Eh oui. Super commode, la petite poule rousse du Père Castor comme bout du monde …

1 **une amertume:** Verbitterung, Bitterkeit. • **envier qn:** jdn. beneiden (*une envie:* Neid, Missgunst). • 3 **badaboum** (interj.): bums! • 4 **débarquer:** landen, von Bord gehen; hier (fam.): aufkreuzen. • **à l'improviste:** unerwartet, überraschend, ohne Voranmeldung. • 8 **un entourage:** Umgebung. • **justifier:** rechtfertigen, bestätigen. • 9 **couver:** ausbrüten; umhegen; hier (fig.): umherkreisen, sich zusammenbrauen. • 10 **le repli:** Falte, Windung. • 16 **domestique:** häuslich, Haus… • 17 **se retirer:** sich zurückziehen. • 18 **commode:** praktisch; einfach. • 19 **le Père Castor:** Buchreihe, in der Märchen und Erzählungen kindgerecht aufbereitet werden (als DVD oder Buch erhältlich); Erzähler ist ein Biber. *Poule-*

Poulerousse est une bonne ménagère:
Pas un grain de poussière sur les meubles,
Des fleurs dans les vases,
Et aux fenêtres de jolis rideaux bien repassés.
5   *C'est un plaisir d'aller chez elle.*

Seulement voilà, la petite poule rousse, couic. Elle l'avait égorgée.

Comme tout le monde, je suis tombée des nues. Les mots me manquaient. Elle ne s'était jamais
10 plainte, ne m'avait jamais fait part de ses doutes et venait de mettre au monde un deuxième petit garçon adorable. Elle était aimée. Elle avait tout, comme on dit. Comme les imbéciles disent.

Comment faut-il réagir quand on vous annonce
15 que votre système solaire se détraque? Que faut-il dire dans ce cas-là? Bon sang, c'était elle qui nous montrait le chemin jusqu'à présent. Nous lui faisions confiance. Enfin, moi, en tout cas, je lui faisais confiance. Nous sommes restées très long-
20 temps assises par terre à siffler ma vodka. Elle

---

rousse handelt von einer fleißigen Henne und ist eine Geschichte über Egoismus. · 1 **la ménagère:** Hausfrau. · 6 **couic** (interj.): wutsch! · 7 **égorger:** die Kehle durchschneiden. · 8 **tomber des nues** (f.; loc.): aus allen Wolken fallen. · 10 **faire part de qc:** etwas mitteilen. · 13 **un/une imbécile:** Idiot, Dummkopf, blöde Kuh. · 15 **se détraquer:** verfallen, kaputtgehen; verrückt spielen. · 16 **bon sang** (fam.): verflixt nochmal! · 20 **siffler qc** (fam.): etwas hinunterstürzen, leertrinken.

pleurait, répétait qu'elle ne savait plus où elle en
était, se taisait et pleurait de nouveau. Quelle que
soit sa décision, elle serait malheureuse. Qu'elle
parte ou qu'elle reste, la vie ne valait plus la peine
5 d'être vécue.

L'herbe de bison aidant, j'ai fini par la secouer
un peu. Hé! Ce n'était pas elle toute seule ce naufrage! Quand le livret des règles du jeu est gros
comme un annuaire et que tu cours en boucle sur
10 un bout de gazon à la con avec personne pour te
soutenir, pas lui en tout cas, c'est sûr au bout d'un
moment euh … Roule, ma poule!

Elle ne m'entendait pas.

«Et pour les petits, tu … tu ne peux pas tenir en-
15 core un peu?» ai-je fini par murmurer en lui tendant un autre paquet de mouchoirs. Ma question
l'a essorée direct. Mais je ne comprenais donc
rien? C'était pour eux ce carnage. Pour leur éviter
d'en souffrir. Pour qu'ils n'entendent jamais leurs
20 parents se battre et pleurer au milieu de la nuit. Et

---

4 **valoir la peine:** es Wert sein, sich lohnen. · 6 **l'herbe de bison**
(m.): eigtl.: *l'herbe aux bisons:* duftendes Mariengras; der unterste
Teil der Blätter wird dank ihres Waldmeisteraromas u. a. zur Ver-
feinerung des Żubrówka-Wodkas verwendet. · 7f. **le naufrage:**
Untergang, Schiffbruch; hier (fig.): Scheitern. · 9 **en boucle** (f.): in
einer Schleife, im Kreis. · 12 **roule, ma poule!** (interj.): auf geht's!;
hier etwa: und weg ist die Henne! (Anspielung auf *Poulerousse*). ·
14 **tenir:** hier (fig.): durchhalten. · 15 **murmurer:** murmeln, flüstern (*le murmure:* Murmeln, Flüstern). · 17 **essorer:** auswringen,
trocknen; hier (fig.): die Tränen trocknen. · 18 **le carnage:** Blut-
bad, Gemetzel. · 19 **souffrir:** leiden (*la souffrance:* Leiden).

parce qu'on ne peut pas grandir dans une maison où les gens ne s'aiment plus, si?

Non. On ne peut pas. Pousser peut-être, mais pas grandir.

5 La suite est plus sordide. Avocats, pleurs, chantage, chagrin, nuits blanches, fatigue, renoncements, culpabilité, douleur de l'un contre douleur de l'autre, agressivité, attestations, tribunal, clans, appel, manque d'air et front contre le mur. Et au mi-
10 lieu de tout ça, deux petits garçons aux yeux très clairs pour lesquels elle continuait de faire l'Auguste en leur inventant, au bord du lit, des histoires de princes pétomanes et de princesses vraiment gourdes. C'était hier et les braises sont encore
15 chaudes. Il n'en faut pas beaucoup pour que le chagrin né du chagrin causé la noie de nouveau, et je sais que certains matins sont difficiles. Elle m'a avoué l'autre jour que, lorsque les enfants partaient chez leur père, elle se regardait longtemps
20 pleurer dans le miroir de l'entrée.

Pour se diluer.

---

5 **sordide:** niederträchtig, widerwärtig. • **le chantage:** Erpressung (*faire chanter:* erpressen). • 6 **la nuit blanche** (fig.): schlaflose Nacht. • 8 **une attestation:** Bescheinigung, Nachweis. • **le tribunal:** Gericht(shof). • **le clan:** hier etwa: Bildung eines Lagers. • 8f. **un appel** (jur.): Berufung(sklage). • 13 **pétomane** (fam.): etwa: mit der Furzkrankheit (*péter*, fam.: furzen). • 14 **gourde** (fam.): dusselig. • **la braise:** Glut. • 16 **noyer:** ertränken; hier (fig.): überfordern; aufs Gemüt schlagen. • 18 **avouer:** gestehen (*un aveu:* Geständnis). • 21 **se diluer:** sich in Wasser auflösen.

C'est la raison pour laquelle elle ne voulait pas venir à ce mariage.

Se cogner la famille. Tous ces oncles, ces vieilles tantes et ces cousins éloignés. Tous ces gens qui
5 n'ont pas divorcé. Qui se sont arrangés. Qui ont fait autrement. Leurs mines vaguement compatissantes ou vaguement consternées. Tout ce folklore. Le blanc virginal, les cantates de Bach, les serments de fidélité éternelle appris par cœur, les dis-
10 cours potaches, les deux mains sur le même couteau et *Le Beau Danube bleu* quand on commence à avoir vraiment mal aux pieds. Mais surtout: les enfants. Ceux des autres.

Ceux qui vont courir dans tous les sens toute la
15 journée, les oreilles un peu rouges d'avoir fini les fonds de verres, en salissant leurs beaux habits et en suppliant pour ne pas aller se coucher tout de suite.

Les enfants justifient les réunions de famille et
20 nous en consolent.

Ils sont toujours ce qu'il y a de mieux à regarder. Ils sont toujours les premiers sur la piste de danse et les seuls à oser dire que le gâteau est écœurant.

---

3 **se cogner:** sich anstoßen; hier (fam.): sich antun, am Hals haben. • 6f. **compatissant, e:** mitfühlend, teilnahmsvoll. • 8f. **le serment:** Schwur. • 10 **potache** (fam.): schülerhaft; naiv (*le potache*, fam.: Schüler). • 11 **«Le Beau Danube bleu»:** *An der schönen blauen Donau*, 1867 von Johann Strauss (1825–99) komponierter Walzer. Gilt als eine von Österreichs heimlichen Hymnen. • 23 **écœurant, e:** widerlich, ekelhaft.

Ils tombent amoureux fous pour la première fois
de leur vie et s'endorment épuisés sur les genoux
de leurs mamans. Pierre devait être damoiseau
d'honneur, il avait repéré que son cybersabre te-
5 nait parfaitement sous la large ceinture à plis et se
demandait s'il pourrait filouter quelques pièces
après la quête. Mais Lola avait mal regardé le ca-
lendrier du juge: ce n'était pas son week-end. Pas
de petit panier et pas de bataille de riz sur le parvis.
10 On lui a suggéré d'appeler Thierry pour voir si elle
pouvait intervertir les week-ends. Elle n'a même
pas répondu.

Mais elle venait! Et Vincent qui nous attendait! On
allait pouvoir s'installer tous les quatre à une table
15 à l'écart avec quelques bouteilles fauchées derrière
une tente et commenter le chapeau de la tante So-
lange, les hanches de la mariée et l'allure ridicule
de notre cousin Hubert avec son haut-de-forme de
location bien calé sur ses grandes oreilles. (Sa mère

2 **épuisé, e:** erschöpft. • 3f. **le damoiseau d'honneur:** Brautführer,
Pendant zur *demoiselle d'honneur:* Brautjungfer; hier: Blumen-
kind (*le damoiseau,* vx.: Knappe; Galan). • 4 **repérer:** ausfindig
machen, erkunden; hier (fam.): herausfinden. • **le cybersabre:** fu-
turistischer Kindersäbel. • 6 **filouter** (fam.): stibitzen, mitgehen
lassen (*le filou:* Gauner). • 7 **la quête:** Kollekte (Kirche). • 9 **le
parvis:** (Kirchen-)Vorplatz. • 10 **suggérer:** vorschlagen, nahele-
gen. • 11 **intervertir:** umstellen, vertauschen. • 15 **à l'écart:** ab-
seits. • **faucher** (fam.): klauen, sich schnappen. • 17 **une allure:**
Aussehen; Gebaren, Verhalten. • 18 **le haut-de-forme:** Zylinder. •
19 **caler:** feststecken, (fest)klemmen.

n'avait jamais voulu entendre parler d'un recollement, car «on ne défait pas l'œuvre de Dieu».)
(Hé? C'est beau comme de l'antique, non?)

Le clan se ressoudait. La vie se remettait en
5 quatre.

Sonnez, clairons! Chantez, coucous! C'était nous
les cadets de Gascogne, de Carbon et de Castel-je-
ne-sais-plus-où.

– Pourquoi tu prends cette sortie?
10   – On passe prendre Lola, répond Simon.
– Où ça? s'étrangle sa douce.
– À la gare de Châteauroux.

1 f. **le recollement:** Ankleben. • 2 **défaire:** durcheinanderbringen;
auflösen. • 4 **se ressouder:** wieder zusammenwachsen (*souder:*
schweißen). • 4 f. **se remettre en quatre:** Anspielung auf den Aus-
druck *se mettre en quatre:* sich zerreißen, sich ein Bein ausreißen,
sein Möglichstes tun; hier: wieder zu viert stattfinden. • 6 ff. **Sonnez, clairons … Castel-je-ne-sais-plus-où:** berühmte Passage aus
dem Theaterstück *Cyrano de Bergerac* von Edmond Rostand
(1868–1918). • 6 **le clairon:** Bügelhorn, Signalhorn, Clarino. •
7 **la Gascogne:** die Gascogne, historische Provinz im Südwesten
Frankreichs.

– C'est une blague?

– Non, pas du tout. Elle y sera dans quarante minutes.

– Et pourquoi tu ne me l'as pas dit?

5 – J'ai oublié. Elle m'a appelé tout à l'heure.

– Quand?

– Quand nous étions sur l'aire d'autoroute.

– Je n'ai rien entendu.

– Tu étais aux toilettes.

10 – Je vois …

– Tu vois quoi?

– Rien.

Ses lèvres disaient le contraire.

– Il y a un problème? s'étonna mon frère.

15 – Non. Pas de problème. Aucun problème. C'est juste que la prochaine fois tu mettras une loupiote de taxi sur le toit de la voiture, ce sera plus clair.

Il n'a pas relevé. Les jointures de ses doigts pâlissaient.

20 Carine avait laissé Léo et Alice chez sa mère pour, je cite, deux points, ouvrez les guillemets, *passer un weekend en amoureux*, trois petits points, fermez les guillemets.

Ça s'annonçait chaud, chaud, chaud!

1 **la blague** (fam.): Witz. • 16 **la loupiote** (fam.): Funzel, kleines Lämpchen. • 18 **la jointure:** Gelenk. • 18f. **pâlir:** erblassen, blass werden (*pâle:* blass). • 24 **s'annoncer:** sich ankündigen, bevorstehen, aussehen nach, anfangen.

– Et vous … vous avez l'intention de dormir dans la même chambre d'hôtel que nous, aussi?

– Non, non, ai-je fait en secouant la tête, ne t'inquiète pas.

5 – Vous avez réservé quelque chose?

– Euh … Non.

– Bien sûr … Je m'en doutais, note bien.

– Mais ce n'est pas un problème! On dormira n'importe où! On dormira chez tante Paule!

10 – Tante Paule n'a plus de lits. Elle me l'a encore redit avant-hier au téléphone.

– Eh bien on ne dormira pas et puis voilà!

Elle a répondu vounjertsmalévés en tortillant les franges de son pashmina.

15 Je n'ai pas compris.

Pas de chance, le train avait dix minutes de retard et quand, enfin, les voyageurs sont descendus, pas de Lola à l'horizon.

Simon et moi serrions les fesses.

20 – Vous êtes sûrs que vous n'avez pas confondu Châteauroux et Châteaudun? craquetait la grue.

---

7 **se douter de qc:** etwas ahnen, vermuten. · **note bien:** eigtl.: *note-le bien / notons-le bien:* wohlgemerkt (*noter:* hier: beachten). · 13 **vounjertsmalévés:** *vous êtes mal élevées* (genuschelt). · 14 **la frange:** Franse; Rand, Pony (Frisur). · **le pashmina:** Bezeichnung für ein Tuch aus Kaschmir und Seide. · 21 **craqueter:** krächzen (Geräusch des Kranichs). · **la grue:** Kranich; hier (fam.): blöde Kuh.

Et puis si, tiens … La voilà … Tout au bout du quai. Elle était dans le dernier wagon, elle avait dû monter dans le train en catastrophe mais elle était bien là et marchait vers nous en agitant les bras.

5   Identique à elle-même et telle que je m'attendais à la voir. Le sourire aux lèvres, la démarche un peu chaloupée, les ballerines, la chemise blanche et le vieux jean.

Elle portait un chapeau délirant. Une immense ca-
10 peline bordée d'un large ruban de gros-grain noir.

Elle m'a embrassée. Que tu es belle, m'a-t-elle dit, tu t'es fait couper les cheveux? Elle a embrassé Simon en lui caressant le dos et a ôté son grand chapeau pour ne pas froisser les bouclettes de Ca-
15 rine.

Elle avait été obligée de voyager dans le wagon à vélos parce qu'elle n'avait pas trouvé de place pour poser sa cornette et demandait si nous pouvions

---

3 **en catastophe** (fig.): überstürzt, in größter Eile, Hals über Kopf. · 4 **agiter:** bewegen; hier: winken mit. · 6 **la démarche:** Gang. · 7 **chaloupé, e:** wiegend (*la chaloupe:* kleines Ruderboot, Barkasse). · **la ballerine:** Ballerina (Schuh). · 9f. **la capeline:** Kapeline, oben enger und unten breiter Frauen-Strohhut. · 10 **bordé, e de:** gesäumt von. · **le ruban:** Band. · **le gros-grain:** Seidenrippband. · 14 **froisser:** zerknittern, zerknautschen; hier: zerzausen. · **les bouclettes** (f.): Löckchen. · 18 **la cornette:** Flügelhaube (vorwiegend bei Nonnen).

faire un détour par le buffet de la gare pour acheter un sandwich. Carine a regardé sa montre et j'en
ai profité pour acheter du pipole.

La presse chiotte. Notre ignominieuse mignar-
5 dise …

Nous sommes remontés en voiture, Lola a demandé à sa belle-sœur si elle pouvait prendre son chapeau sur ses genoux. Sans problème, a-t-elle répondu dans un sourire un peu forcé. Sans pro-
10 blème.

Ma sœur a levé le menton l'air de dire que se
passe-t-il? et j'ai levé les yeux au ciel façon de répondre comme d'hab'.

Elle a souri et demandé à Simon s'il avait de la
15 musique.

Carine a répondu qu'elle avait mal au crâne.

J'ai souri aussi.

Ensuite Lola a demandé si quelqu'un avait du vernis pour ses ongles de pied. Une fois, deux fois, pas
20 de réponse. Finalement notre pharmacien préféré
lui a tendu un petit flacon rouge:

3 **le pipole** (fam.): von: *people* (angl.): hier etwa: Klatschzeitschrift
(*le/la pipole*, fam.: Promi). · 4 **la presse chiotte** (fam.): Regenbogenpresse, Boulevardpresse (*les chiottes*, f. pl.!; fam.: Klo, Scheiß-
haus.) · **ignominieux, -euse** (litt.): schimpflich, schändlich (*une
ignominie*, litt.: Schandtat). · 4f. **la mignardise** (litt.): Geziertheit;
Finesse. · 13 **comme d'hab'** (fam.): *comme d'habitude:* wie immer. · 18f. **le vernis:** *le vernis à ongles:* Nagellack.

74

– Tu fais bien attention aux fauteuils, hein?

Ensuite on s'est raconté des trucs de sœurs. Je passe cette scène-là. Il y a trop de codes, de raccourcis et de hennissements. Et puis sans le son ça ne rend rien.

Les sœurs comprendront.

Nous sommes arrivés en pleine cambrousse, Carine tenait la carte et Simon en prenait pour son grade. À un moment, il a dit:

– Donne cette putain de carte à Garance! C'est la seule qui ait le sens de l'orientation dans cette foutue famille!

Derrière, on s'est regardées en fronçant les sourcils. Deux gros mots dans la même phrase et un point d'exclamation au bout … Ça n'allait pas fort.

Peu avant d'arriver au castel de la tante Paule, Simon nous a dégoté un petit chemin bordé de mûres. Nous nous sommes jetées dessus en

---

3 **passer:** hier: überspringen. • 3 f. **le raccourci:** Abkürzung; Kurzfassung. • 4 **le hennissement:** Wiehern, Gewieher (*hennir:* wiehern). • 5 **ne rien rendre:** hier etwa: nichts hergeben. • 11 f. **ce foutu / cette foutue …** (fam.): diese(r, s) verdammte(r) … • 14 **le gros mot:** Schimpfwort, Kraftausdruck. • 15 **le point d'exclamation:** Ausrufezeichen. • **ne pas aller fort** (fam.): nicht gut gehen (physisch oder psychisch); hier etwa: kriseln. • 16 **le castel:** kleines Schloss, Schlösschen. • 17 **(se) dégoter** (fam.): auftreiben, ausfindig machen, aufstöbern. • 18 **la mûre:** Brombeere.

évoquant les charmilles de la maison de Villiers avec des trémolos dans la voix. Carine, qui n'avait pas bougé son cul de la voiture, nous a rappelé que les renards pissaient dessus.

5 On s'en foutait.

Erreur …

– Bien sûr. L'échinococcose ça ne vous dit rien. Les larves de parasites transmises par l'urine et …

Mea culpa, mea maxima culpa, je me suis un peu
10 énervée:

– Mais c'est des conneries, ça! C'est boulchite et compagnie! Les renards, ils ont toute la nature pour pisser! Tous les chemins! Tous les talus! Tous les arbres et tous les champs alentour, et il faudrait
15 qu'ils viennent pisser là?! Exactement sur nos mûres?! Mais c'est n'importe quoi! Moi, c'est ça qui me tue, tu vois … C'est *ça* qui me rend malade. Ce sont les gens comme toi qui abîment toujours tout …

Pardon. Mea culpa. C'est ma faute. C'est ma très
20 grande faute. Je m'étais promis de bien me tenir pourtant. Je m'étais promis de rester calme et infi-

---

1 **évoquer qc:** etwas erwähnen; hier: etwas in Erinnerung rufen, an etwas erinnern. • **la charmille:** Weißbuche, Hainbuche. • 5 **on s'en fout** (fam.): das ist uns völlig gleichgültig, piepegal. • 7 **une échinococcose:** Echinokokkose; Infektion mit dem Fuchs- oder Hundebandwurm. • 8 **transmettre:** übertragen. • 9 **mea culpa** (lat.): ich bekenne mich schuldig (*le mea-culpa*, lat.: Schuldbekenntnis). • 11 **la connerie** (fam.): Quatsch, Mist. • 11 f. **boulchite et compagnie** (f.; fam.): *bullshit et compagnie:* Bullshit, dummes Zeug. • 13 **le talus:** Böschung.

niment zen. Encore ce matin, dans la glace, je m'étais prévenue en agitant l'index: Garance, pas d'histoire avec la Carine, hein? Tu nous la fais pas gueule d'atmosphère pour une fois. Mais là, j'ai
5 craqué. Je suis désolée. Toutes mes confuses. Elle nous a gâché nos mûres et notre peu d'enfance avec. Elle me gonfle trop. Je ne peux pas la supporter. Encore une réflexion et je lui fais bouffer le sombrero de Lola.

10 Elle a dû sentir le vent du boulet, car elle a fermé la portière et mis le moteur en marche. Pour la clim.

Ça aussi, ça m'énerve, les gens qui ne coupent pas le moteur à l'arrêt pour avoir chaud aux pieds ou froid à la tête, mais bon, passons. On reparlera
15 du réchauffement de la planète un autre jour. Elle s'était enfermée, c'était déjà ça. Soyons positifs.

Simon se dégourdissait les jambes pendant que nous nous changions. J'avais donc acheté un ma-

---

1 **zen** (fam.): ruhig, gelassen, cool. • 2 **un index:** Zeigefinger. • 3f. **la faire gueule d'atmosphère** (fam.): hier etwa: die beleidigte Leberwurst spielen. Anspielung auf eine Schimpftirade der Schauspielerin Arletty (1898–1992) im Film *Hôtel du Nord*. • 5 **toutes mes confuses** (f.; fam.): für: *toutes mes excuses, je suis confuse:* ich bitte um Verzeihung. • 7 **gonfler qn** (fam.): jdn. gründlich nerven. • 8 **bouffer** (fam.): essen, fressen. • 10 **sentir le vent du boulet** (fam.): die Gefahr riechen (*le boulet:* Eisenkugel). • 11 **mettre en marche:** in Gang bringen, starten. • 17 **se dégourdir les jambes:** sich die Füße vertreten (*dégourdir:* etwas wieder beweglich machen).

gnifique sari passage Brady, juste à côté de chez moi. Il était turquoise rebrodé de fil d'or avec des perles et de minuscules grelots. J'avais une petite brassière à emmanchures, une longue jupe droite
5 très moulante et très fendue, et une espèce de grand tissu pour enrober tout ça.

Magnifique.

Des boucles d'oreilles à pampilles, toutes les amulettes du Rajasthan autour du cou, dix bracelets
10 au poignet droit et presque le double au gauche.

– Ça te va bien, décréta Lola. C'est incroyable. Il n'y a que toi qui puisses te permettre ça. Tu as un si joli ventre, si plat, si musclé …

– Hé … fis-je radieuse en le bouchonnant, si-
15 xième sans ascenseur …

– Moi, mes grossesses m'ont mis le nombril entre parenthèses … Tu feras bien attention, toi, hein? Tu te mettras de la crème tous les jours et …

---

1 **le passage Brady:** teilweise überdachte Passage im 10. Arrondissement von Paris, 1828 erbaut, durch den späteren Bau des Boulevard de Strasbourg zweigeteilt. Der überdachte Teil beherbergt indische Restaurants und Geschäfte. • 2 **turquoise:** türkis. • **(re)brodé, e:** bestickt (*broder:* sticken; *la broderie:* Stickerei). • 3 **le grelot:** Schelle, kleines Glöckchen. • 4 **la brassière:** Hemdchen, Top; Jäckchen • **une emmanchure:** Armloch. • 5 **moulant, e:** enganliegend. • **fendu, e:** geschlitzt (*fendre:* hacken, spalten, zerteilen). • 6 **enrober:** überziehen, einhüllen, umwickeln. • 8 **les pampilles** (f. pl.!): Behang. • 11 **décréter:** anordnen, verfügen, beschließen. • 14 **radieux, -euse:** strahlend. • **bouchonner:** (ab)reiben; hier (fam.): liebevoll streicheln. • 16 **la grossesse:** Schwangerschaft. • **le nombril:** Bauchnabel.

J'ai haussé les épaules. Ma petite longue-vue ne portait pas jusque-là.

– Tu me boutonnes? pépia-t-elle en se retournant.

Lola portait pour la énième fois sa robe en faille
5 noire. Très sobre, au décolleté rond, sans manches et avec mille miniboutons de soutane dans le dos.

– Tu n'as pas fait de frais pour le mariage de notre cher Hubert, constatai-je.

Elle s'est retournée en souriant:

10 – Hé …

– Quoi?

– Dis un prix pour le chapeau.

– Deux cents?

Elle a haussé les épaules.

15 – Combien?

– Je peux pas te le dire, gloussa-t-elle, c'est trop horrible.

– Arrête de te marrer idiote, je n'arrive pas à choper les boutonnières …

20 C'était l'année des ballerines. Les siennes étaient souples et nouées, les miennes couvertes de sequins dorés.

---

1 **la longue-vue:** Fernrohr, Teleskop; hier etwa (fig.): hellseherische Fähigkeiten. • 3 **boutonner qn** (fam.): Kleidungsstück zuknöpfen (*le bouton:* Knopf; Taste). • **pépier:** piepen (Vogel). • 4 **la faille:** Kunstseide. • 6 **le bouton de soutane** (f.): mit Stoff überzogener Knopf, der ursprünglich auf katholischen Priestergewändern (Sutane) zu finden war. • 21 **nouer:** binden, zusammenknoten (*dénouer:* aufknoten, lösen). • 21 f. **le sequin:** Paillette.

Simon a frappé dans ses mains:
– Allez, les Bluebell Girls … En voiture!

En me tenant au bras de ma sœur pour ne pas trébucher, j'ai marmonné:
5   – Je te préviens, si l'autre morue me demande si
je vais à un bal costumé, je lui fais bouffer ton chapeau.

Carine n'a pas eu l'occasion de dire quoi que ce
soit parce que je me suis relevée direct en m'as-
10 seyant. Ma jupe était trop étroite et j'ai dû l'enle-
ver pour ne pas la craquer.
En string et sur les fauteuils en viscose d'alpaga,
je fus … hiératique.
Nous nous sommes maquillées dans mon pou-
15 drier pendant que notre échinococcoseuse nationale vérifiait la hauteur de ses clips dans son miroir
de courtoisie.

---

2 **Bluebell Girls:** Tänzerinnentruppe des berühmten Pariser Re-
vuetheaters Lido; die Truppe wurde 1932 von Margaret Kelly ge-
gründet. • 3 f. **trébucher:** stolpern. • 4 **marmonner:** murmeln,
grummeln, nuscheln. • 5 **la morue:** Stockfisch, Kabeljau; hier
(fam.): Miststück. • 12 **un alpaga:** Textilfaser, die vom Fell des
Alpaga-Lamas gewonnen wird. • 13 **hiératique:** still, bewegungs-
los. • 14 **se maquiller:** sich schminken. • 14 f. **le poudrier:** Puder-
dose. • 15 **une échinococcoseuse** (fam.): Anspielung auf *l'échinococcose* (s. o.): hier etwa: Miss Fuchsbandwurm. • 16 **le clip:** Clip-
ohrring. • 16 f. **le miroir de courtoisie:** Schminkspiegel (in der
Sonnenblende des Autos).

Simon nous a suppliées de ne pas nous parfumer toutes les trois en même temps.

Nous sommes arrivés à Pétaouchnoque dans les temps. J'ai enfilé ma jupe derrière la voiture et nous nous sommes rendus sur la place de l'église sous les yeux médusés des Pétaouchnoquiens aux fenêtres.

La jolie jeune femme en gris et rosé qui discutait avec l'oncle Georges, là-bas, c'était notre maman. Nous lui avons sauté au cou en prenant garde aux marques de ses baisers.

Diplomate, elle a d'abord embrassé sa belle-fille en la complimentant sur sa tenue, puis s'est tournée vers nous en riant:

– Garance … Tu es superbe … Il ne te manque que le point rouge au milieu du front!

– Manquerait plus que ça, a lâché Carine avant de se précipiter sur le pauvre tonton fané, on n'est pas au carnaval que je sache …

Lola a fait mine de me tendre son chapeau et nous avons éclaté de rire.

---

3 **Pétaouchnoque** (fam.): etwa: Hintertupfingen. • 4 **enfiler qc:** etwas anziehen, überstreifen, in etwas schlüpfen. • 6 **médusé, e:** verblüfft (*méduser:* verblüffen, sprachlos machen). • 9 **prendre garde à:** sich in Acht nehmen vor. • 10 **la marque:** hier: Spur, Abdruck. • 12 **la tenue:** Kleidung. • 17 **se précipiter sur:** sich auf … stürzen (*la précipitation:* Hast, Überstürztheit). • **le tonton / la tata** (enf.): Onkel, Tante. • **fané, e:** verwelkt, verblasst; hier (fig.): alt. • 19 **faire mine de faire qc:** so tun als ob man etwas täte. • 20 **éclater de rire:** in Lachen ausbrechen.

Notre mère s'est tournée vers Simon:

– Elles ont été insupportables comme ça tout le trajet?

– Pire que ça, a-t-il acquiescé gravement.

5 Il a ajouté:

– Et Vincent? Il n'est pas avec toi?

– Non. Il travaille.

– Il travaille où?

– Eh bien, toujours dans son château …

10 Notre aîné a perdu dix centimètres d'un coup.

– Mais … Je croyais … Enfin il m'avait dit qu'il venait …

– J'ai essayé de le persuader mais rien à faire. Tu sais, lui, les petits-fours …

15 Il semblait désespéré.

– J'avais un cadeau pour lui. Un vinyle introuvable. J'avais envie de le voir en plus … Je ne l'ai pas vu depuis Noël. Oh, je suis tellement déçu … Je vais boire un coup, tiens …

20 Lola a grimacé:

– Calamba. Il n'est pas dou tout en forme notle Simone …

– Tu m'étonnes, ai-je rétorqué en matant miss

---

2 **insupportable:** unerträglich. · 4 **acquiescer (à qc):** zustimmen (*un acquiescement*: Zustimmung, Einverständnis). · 10 **un aîné / une aînée:** Älteste(r). · 14 **le petit-four:** Petit Four: Miniaturgebäck (süß oder salzig). · 20 **grimacer:** das Gesicht verziehen; Grimassen schneiden. · 21 f. **Calamba. Il n'est pas dou tout en forme notle Simone** (plais.): Nachahmung des spanischen Akzents. · 23 **mater qn/qc** (arg.): jdn./etwas anglotzen.

Rabat-Joie qui se frottait à toutes nos vieilles tantes, tu m'étonnes …

– En tout cas, vous, mes filles, vous êtes splendides! Vous allez nous le remonter, vous allez le
5 faire danser votre frère ce soir, n'est-ce pas?

Et elle s'est éloignée pour assurer les civilités d'usage.

Nous suivions du regard cette petite femme menue. Sa grâce, son allure, son peps, son élégance, sa
10 classe …

La Parisienne …

Le visage de Lola s'est rembruni. Deux adorables petites filles couraient rejoindre le cortège en riant.

– Bon, elle a dit, je crois que je vais aller re-
15 joindre Simon, moi …

Et je suis restée comme une idiote plantée au milieu de la place, les pans du sari tout flapis.

---

1 **le/la rabat-joie:** Spielverderber(in), Miesepeter. · 3f. **splendide:** prachtvoll, prächtig, strahlend schön. · 4 **remonter qn:** jdn. aufmuntern, jdm. wieder Mut machen. · 6 **assurer qc:** hier: einer Sache nachkommen. · 6f. **la civilité d'usage:** etwa: gesellschaftliche Verpflichtung. · 8f. **menu, e:** zierlich, schmal, schmächtig. · 9 **le peps:** *le pep* (angl.): Pep, Energie. · 12 **se rembrunir:** sich verfinstern, sich verdüstern. · 13 **rejoindre qn/qc:** sich zu jdm./etwas gesellen. · **le cortège:** Zug, Gefolge; Prozession. · 16 **planter qn:** hier (fam.): jdn. sitzenlassen, jdn. stehenlassen. · 17 **le pan:** Zipfel. · **flapi, e** (fam.): hundemüde, geschafft; hier etwa: hängend.

Pas pour longtemps tu me diras, parce que notre cousine Sixtine s'est approchée en caquetant:

– Hé, Garance! Harikrishna! Tu vas à un bal costumé ou quoi?

5 J'ai souri comme j'ai pu en me gardant bien de commenter sa moustache mal décolorée et son tailleur vert pomme du Christine Laure de Besançon.

Quand elle s'est éloignée, c'est la tante Geneviève
10 qui s'y est collée:

– Mon Dieu, mais c'est bien toi, ma petite Clémence? Mon Dieu, mais qu'est-ce que c'est que cette chose en fer dans ton nombril? Ça ne te fait pas mal au moins?

15 Bon, je me suis dit, je vais aller rejoindre Simon et Lola au café, moi …

Ils étaient tous les deux en terrasse. Un demi à portée de main, la gorge au soleil et les jambes allongées loin devant.
20 Je me suis assise dans un «crac» et j'ai commandé la même chose qu'eux.

---

2 **caqueter:** gackern; hier (fig.): schwatzen, plappern. · 5 **se garder de faire qc:** sich davor hüten etwas zu tun. · 6 **décolorer:** bleichen. · 7 **le tailleur:** Kostüm. · 7f. **Christine Laure:** französische Modekette mit eher konservativer, altmodischer Kleidung. · 17 **le demi:** 0,25 l Bier vom Fass. · 17f. **à portée de main:** griffbereit.

Ravis, en paix, les lèvres festonnées de mousse, nous regardions les bonnes gens sur le pas de leur porte qui glosaient sur les bonnes gens devant l'église. Merveilleux spectacle.

5 – Hé, ce serait pas la nouvelle femme de ce cocu d'Olivier, là-bas?

– La petite brune?

– Nan, la blonde à côté des Larochaufée …

– Au secours. Elle est encore plus moche que
10 l'autre. Mate le sac …

– Faux Gucci.

– Exact. Et même pas la qualité Vintimille. Faux Goutch' de chez Beijing …

– La honte.

15 On aurait pu continuer comme ça encore long-temps si Carine n'était pas venue nous chercher:

– Vous venez? Ça va commencer …

---

1 **ravi, e:** begeistert, erfreut, freudig. · **festonner:** (mit einer Girlande) schmücken, verzieren (*le feston:* [Blumen-]Girlande). · **la mousse:** Schaum. · 2 **les bonnes gens:** *les gens* ist feminin bei vorangestelltem Adjektiv, maskulin bei nachgestelltem Adjektiv; das Adjektiv wird entsprechend angepasst. · 2f. **le pas de la porte:** Türschwelle. · 3 **gloser sur qn/qc:** über jdn./etwas seine Bemerkungen machen. · 5 **cocu, e** (fam.): betrogen, ‚gehörnt'. · 8 **nan** (fam.): nein. · **Larochaufée:** ironische Anspielung auf das alte französische Adelsgeschlecht La Rochefoucauld. · 9 **moche:** scheußlich, potthässlich. · 12 **Vintimille:** Ventimiglia; Stadt in Norditalien an der italienisch-französischen Grenze. Bekannt u. a. für ihren großen Markt mit gefälschten Markenprodukten. · 13 **Goutch'** (plais.): Gucci.

– On arrive, on arrive … a dit Simon, je termine ma bière.

– Mais si on n'y va pas tout de suite, insista-t-elle, on sera mal placés et je ne verrai rien …

5 – Vas-y, je te dis. Je te rejoins.

– Tu te dépêches, hein?

Elle était déjà à vingt mètres, quand elle a crié:

– Et passe à la petite épicerie d'en face pour acheter du riz!

10 Elle s'est encore retournée:

– Pas du trop cher, hein? Prends pas de l'Uncle Ben's comme la dernière fois! Pour ce qu'on en fait …

– Ouais, ouais … il a bougonné dans sa barbe.

15 On a aperçu la mariée au loin et au bras de son papa. Celle qui allait bientôt avoir une tripotée de petits ratons avec des oreilles de Mickey. On a compté les retardataires et ovationné l'enfant de chœur qui galopait à toute berzingue en se prenant les 20 pieds dans son aube.

---

14 **bougonner:** murren (*le bougon / la bougonne:* Griesgram, Miesepeter). • 16 **la tripotée** (fam.; vx.): Menge, Haufen. • 17 **le raton:** junge Ratte. • 18 **le/la retardataire:** Nachzügler(in). • **ovationner qn:** jdm. zujubeln. • **un enfant de chœur** (m.): Ministrant(in). • 19 **à toute berzingue** (fam.): mit vollem Karacho. • 19 f. **se prendre** (*les pieds* usw.) **dans qc:** sich (mit den Füßen) in etwas verfangen. • 20 **un aube:** Chorhemd.

Quand les cloches se sont tues et que les autoch-
tones sont retournés à leurs toiles cirées, Simon a
dit:

– J'ai envie de voir Vincent.

5 – Tu sais, même si on l'appelle maintenant, a répondu Lola en soulevant son sac, le temps qu'il
vienne …

Un gamin de la noce en pantalon de flanelle et raie
sur le côté est passé à ce moment-là. Simon l'a alpa-
10 gué:

– Hep! Tu veux gagner cinq parties de flipper?

– Ouais …

– Alors retourne suivre la messe et viens nous
chercher à la fin du sermon.

15 – Vous me donnez l'argent tout de suite?

Je rêve. Les gamins d'aujourd'hui sont in-
croyables …

– Tiens, jeune escroc. Et pas de blagues, hein?
Tu viens nous chercher?

20 – J'ai le temps d'en faire une maintenant?

– Allez, vas-y, a soupiré Simon, et après, direction les orgues …

– O.K.

---

1 **la cloche:** Glocke. · 1 f. **un/une autochtone:** Einheimische(r). ·
2 **la toile cirée:** Tischdecke aus Wachstuch. · 6 **le temps que**
(+ subj.): bis. · 8 **la noce:** Hochzeit; hier: Hochzeitsgesellschaft. ·
la raie: Scheitel. · 9 f. **alpaguer qn** (fam.): jdn. schnappen. · 14 **le**
sermon: Predigt. · 18 **un/une escroc:** Gauner(in), Betrüger(in).

On est restés encore un moment comme ça et puis
il a ajouté:

– Et si on allait le voir?

– Qui?

5 – Ben, Vincent!

– Mais quand? j'ai dit.

– Maintenant.

– Maintenant?

– Tu veux dire: maintenant? a répété Lola.

10 – Tu dérailles? Tu veux prendre la voiture et partir maintenant?

– Ma chère Garance, je crois que tu viens de résumer parfaitement le propos de ma pensée.

– Tu es fou, a dit Lola, on ne va pas partir comme ça?

15 – Et pourquoi pas? (Il cherchait de la monnaie
dans sa poche.) Allez … Vous venez les filles?

Nous ne réagissions pas. Il a levé les bras au ciel:

– On se casse, je vous dis! On se tire! On met les
bouts. On prend la tangente et la poudre d'escam-
20 pette. On se fait la belle!

– Et Carine?

Il a baissé les bras.

Il a sorti un stylo de sa veste et retourné son
sous-bock.

---

10 **dérailler:** entgleisen; hier (fam.): nicht mehr bei Trost sein,
nicht mehr ganz richtig ticken. · 13 **le propos:** Absicht (*les propos:* Worte, Äußerungen). · 18ff. **se casser / se tirer / mettre les
bouts** (m.) **/ prendre la tangente / prendre la poudre d'escampette /
se faire la belle** (fam.): abhauen (*une escampette*, vx.: Flucht). ·
24 **le sous-bock:** Bierdeckel.

«Nous sommes partis visiter le château de Vincent. Je te confie Carine. Ses affaires sont devant ta
voiture. On t'embrasse.»

– Ho, petit! Changement de programme. Tu n'es
5 pas obligé d'aller à la messe, mais tu donneras ça à
la dame habillée en gris avec un chapeau rosé qui
s'appelle Maud, compris?

– Compris.

– T'en es où?

10 – Deux *extra-balls*.

– Répète ce que je viens de dire.

– J'inscris mon nom au tableau d'honneur et
après je donne votre carton de bière à une dame en
chapeau rosé qui s'appelle Maud.

15 – Tu la guettes et tu lui donnes quand elle sort de
l'église.

– O.K., mais ce sera plus cher …

Il se marrait.

2 **confier:** anvertrauen. · 10 **une extra ball** (angl.): auch: *extra-
bille:* Extrakugel (beim Flipper); wenn der Spieler eine bestimmte
Punktzahl erreicht, bekommt er eine Extrakugel. · 12 **le tableau
d'honneur:** Liste der Schüler mit den besten schulischen Leistun-
gen; Ranking, Rangliste (beim Sport). · 15 **guetter qn/qc:** jdm. /
einer Sache auflauern; hier: nach jdm. Ausschau halten.

– T'as oublié le vanity ...

– Oups. Demi-tour. Ça, elle ne me le pardonne-rait jamais ...

Je l'ai déposé bien en vue sur son sac et nous
5 avons redémarré dans un nuage de poussière. Exacte-ment comme si nous venions de braquer une banque.

Au début, on n'osait pas parler. On était quand même un peu émus et Simon regardait dans son ré-
10 tro toutes les dix secondes.

On s'attendait peut-être à entendre les sirènes d'une voiture de police lancée à nos trousses par une Carine folle de rage et la bouche pleine d'écume. Mais non, rien. Calme plat.

15 Lola était assise devant et je m'étais accoudée entre eux deux. Chacun attendait que son voisin brise la gêne.

---

2 **le demi-tour:** Wenden; halbe Umdrehung. · 4 **en vue:** sichtbar, im Blickfeld. · 6 **braquer qc:** etwas einschlagen (z.B. Lenkrad); hier (pop.): etwas überfallen. · 9f. **le rétro** (fam.): *le rétroviseur:* Rückspiegel. · 12 **lancer qn aux trousses** (f.) **de qn:** jdn. auf jdn. ansetzen, auf Verfolgungsjagd schicken. · 13f. **la bouche pleine d'écume** (f.): hier (fig.): mit Schaum vor dem Mund (aus Wut). · 14 **plat, e:** hier (fig.): absolut, vollkommen. · 15 **s'accouder:** sich mit den Ellenbogen aufstützen. · 17 **briser:** zerbrechen, kaputt machen; hier (fig.): brechen, vertreiben. · **la gêne:** Befangen-heit, Hemmung, Verlegenheit (*gêner:* stören, in Verlegenheit bringen).

Simon a allumé la radio et les Bee Gees bê-
laient:

And we're stayin' alive, stayin' alive …
Ha, Ha, Ha, Ha … Stayin' alive, stayin' alive.

5 Oh peuchère. C'était trop beau pour être vrai.
C'était un signe! C'était le doigt de Dieu! (Non.
C'était une dédicace de Patou à Dany pour fêter
leur anniversaire de rencontre au bal de Treignac
en 1978, mais ça on ne l'a su que plus tard.) Nous
10 avons repris tous en chœur: «*HA! HA! HA! HA!*
STAYIN' ALIIIIIIIIIIII-VEU …» pendant que Simon zigzaguait sur la D114 en dénouant sa cra-
vate.

J'ai remis mon fut' et Lola m'a tendu son chapeau
15 pour que je le pose à côté de moi.
 Au prix où elle l'avait payé, elle était un peu dé-
çue.
 «Bah … je lui ai dit pour la consoler, tu le mettras à mon mariage …»

---

1 **Bee Gees:** englischsprachige Popgruppe. »And we're stayin'
alive … stayin' alive« sind Zeilen ihres berühmten Lieds *Stayin'*
alive aus dem Soundtrack zum Film *Saturday Night Fever*. ·
1f. **bêler:** blöken (Schaf), meckern (Ziege); hier (fam.): winseln,
jammern. · 5 **peuchère** (interj.; région.): du liebe Zeit! · 7 **la**
dédicace: Widmung, Inschrift (*dédicacer:* widmen, mit einer Widmung versehen). · 12 **zigzaguer:** im Zickzack gehen, fahren. ·
14 **le fut'** (fam.): *le futal:* Hose.

Rires – hénaurmes – dans l'habitacle.

L'ambiance était revenue. Nous avions réussi à éjecter l'alien hors du vaisseau spatial.

Il ne nous restait plus qu'à récupérer le dernier
5 membre d'équipage.

Je cherchais le bled de Vincent sur la carte et Lola faisait le DJ. On avait le choix entre France Bleu Creuse et Radio Gelinotte. Rien de très sound System mais quelle importance? Nous tchatchions
10 comme des dingues.

– Je ne t'aurais jamais cru capable d'une chose pareille, finit-elle par dire en se tournant vers notre chauffeur.

– Avec l'âge on devient plus sage, a-t-il souri en
15 acceptant l'une de mes cigarettes.

---

1 **hénaurme** (plais.): für *énorme*; wird langgezogen ausgespro-chen, um zu betonen, dass etwas riesengroß ist (Kreation von Gustave Flaubert, 1821–80). · **un habitacle:** Fahrgastraum (Au-to); Cockpit. · 3 **éjecter de qc:** aus etwas schleudern; hier (fam.): aus etwas verbannen. · 6 **le bled** (arab.): unbewohntes karges Gebiet; hier (fam.): Dorf, Kaff. · 7f. **France Bleu Creuse / Radio Gelinotte:** lokale Radiosender. · 9 **tchatcher** (fam.): quatschen (*la tchatche*, fam.: Redefluss, ausferndes Geschwätz, Gequat-sche). · 10 **le/la dingue** (fam.): Bekloppte(r).

Nous roulions depuis deux heures et j'étais en train
de leur raconter mon séjour à Lisbonne quand je …

– Qu'est-ce qu'il y a? s'est inquiétée Lola.

– Tu n'as pas vu?

5 – Vu quoi?

– Le chien.

– Quel chien?

– Sur le bas-côté …

– Mort?

10 – Non. Abandonné.

– Hé! Ne te mets pas dans un état pareil.

– Nan, mais c'est parce que j'ai vu son regard, tu
comprends?

Ils ne comprenaient pas.

15 Pourtant il m'avait scannée ce clebs, j'en étais
sûre.

Ça m'a fichu un bourdon terrible et puis Lola
s'est remémoré notre évasion en massacrant la musique de *Mission impossible* à tue-tête et j'ai pensé

20 à autre chose.

---

8 **le bas-côté:** Straßenrand, Seitenstreifen. · 15 **scanner:** hier
(fam.): anstarren, fixieren. · **le clebs** (fam.): auch: *le clébard*
(fam.): Hund, Köter. · 17 **ficher le bourdon à qn** (fam.): jdn. de-
primieren (*ficher qc à qn*, fam.): jdm. etwas verpassen; *le bourdon:*
Hummel). · 18 **une évasion:** Flucht, Ausbruch (*s'évader:* ausbrechen, fliehen). · **massacrer:** hier (fam.): verunstalten, verhun-
zen. · 19 **«Mission Impossible»:** *Kobra übernehmen Sie* und
Unmöglicher Auftrag; amerikanische Fernsehserie, die zwischen
den 60ern und 90ern ausgestrahlt wurde und nach der später drei
Kinofilme entstanden. · **à tue-tête:** lauthals, aus voller Kehle.

Je tenais la carte, je rêvassais, je revoyais les parties de la nuit passée. J'avais bien fait ma maligne au dernier tour avec un carré de la louse, mais enfin … J'avais gagné quand même …

5 Tout cela tombait sous le sens à présent.

Quand nous sommes arrivés, la dernière visite venait de commencer.

Un jeune type blanc comme une endive, assez craspec et avec un regard de veau en gelée nous a
10 conseillé de rejoindre le groupe au premier étage.

Il y avait là quelques touristes égarés, des femmes à la cuisse molle, un couple d'instituteurs recueillis

---

1 **rêvasser:** vor sich hinträumen. · 3 **le tour:** Runde (bei einem Spiel). · **le carré:** hier: vier verschiedenfarbige Spielkarten mit demselben Wert. · **de la louse** (fam.): Anspielung auf *to lose:* miserabel. · 5 **tomber sous le sens:** auf der Hand liegen. · 6 f. **venir de** (+ inf.): gerade etwas getan haben. · 8 **une endive:** Chicorée (*la chicorée:* Endivie). · 9 **craspec** (pop.): ungepflegt, dreckig. · 11 **égaré, e:** verirrt, verlaufen; verstört, verwirrt (*s'égarer:* sich verlaufen, sich verirren). · 12 **à la cuisse molle** (fam.): hier etwa: langsam gehend (*mou, mol, molle:* weich, schlaff). · **recueillir:** aufnehmen; einsammeln.

en Mephisto, des familles équitables, des gamins ronchons et une poignée de Bataves. Tous s'étaient retournés en nous entendant arriver.

Vincent, lui, ne nous avait pas vus. Il était de dos
5 et commentait ses mâchicoulis avec une fougue que nous ne lui connaissions pas.

Premier choc: il portait un blazer élimé, une chemise rayée, des boutons de manchettes, un petit foulard rentré dans le col et un pantalon douteux
10 mais à revers. Il était rasé de près et ses cheveux étaient plaqués en arrière.

Deuxième choc: il racontait n'importe quoi.

Ce château était dans la famille depuis plusieurs générations. Aujourd'hui, il y vivait seul en atten-
15 dant de fonder un foyer et de remettre les douves en état.

---

1 **Mephisto:** französische Schuhmarke u. a. für Wander- und Gesundheitsschuhe. · **équitable:** fair (Handel); hier etwa (fam.): ökologisch angehaucht, Öko… · 2 **ronchon, ne:** nörgelnd, miesepetrig. · **la poignée:** Griff; Handvoll. · **le/la Batave** (vx., z. T. péj.): Holländer(in). · 5 **le mâchicoulis:** Pechnase, Pecherker (kleiner Erker über dem Burgtor, der u. a. zur Verteidigung diente). · **la fougue:** Schwung, Ungestüm. · 7 **élimé, e:** abgewetzt (*la lime:* Feile). · 9 **douteux, -euse:** hier etwa: von zweifelhaftem Geschmack. · 10 **rasé, e de près:** glattrasiert. · 11 **plaquer qc:** etwas glattstreichen. · 15 **fonder un foyer:** eine Familie gründen (*le foyer:* Herd, Heim). · 15 f. **(re)mettre en état:** renovieren, reparieren, in Ordnung bringen. · 15 **la douve:** Wassergraben.

C'était un endroit maudit puisqu'il avait été bâti
en cachette pour la maîtresse du troisième bâtard
de François Ier, une certaine Isaure de Haut-Bré-
bant rendue par lui folle de jalousie, disait-on, et
5 qui était un peu sorcière à ses heures.

… Et encore aujourd'hui, mesdames, messieurs,
les nuits où la lune est rousse dans le premier décan, on entend des bruits fort étranges, des espèces
de râles monter des caves, celles-là mêmes qui fai-
10 saient office de geôles autrefois …

En aménageant la cuisine actuelle que vous ver-
rez tout à l'heure, mon grand-père a retrouvé des
ossements datant de la guerre de Cent Ans et
quelques écus frappés du sceau de Saint Louis. À
15 votre gauche, une tapisserie du XIIe siècle, à votre
droite, un portrait de la fameuse courtisane. Notez

---

1 **maudit, e:** verflucht (*la malédiction:* Fluch, Unheil). · 2 **le bâtard / la bâtarde:** uneheliches Kind, Bastard(in). · 3 **François Ier.:**
Franz I. (1494–1547), Sohn von Charles d'Orléans und Luise von
Savoyen; gehörte zur Dynastie der Valois; gilt als Begründer des
französischen Absolutismus. · 7f. **le décan** (astrol.): Dekade. ·
8 **fort** (+ adj.): sehr. · 9 **le râle:** Röcheln, Stöhnen (*râler:* röcheln,
stöhnen). · 9f. **faire office** (m.) **de:** als … dienen. · 10 **la geôle**
(litt.): Kerker, Gefängnis. · 11 **aménager:** einrichten, ausstat-
ten. · 13 **les ossements** (m.): Gebeine, Knochen. · **La guerre de
Cent Ans:** der Hundertjährige Krieg; Bezeichnung für den eng-
lisch-französischen Konflikt und den französischen Bürgerkrieg
zwischen 1337 und 1453; hat entscheidend zur Herausbildung eines Nationalbewusstseins der Franzosen und Engländer beige-
tragen. · 14 **un écu:** Taler. · **frapper:** hier: prägen (*la frappe:*
Prägung). · **le sceau:** Siegel. · 15 **la tapisserie:** Tapete, Wandtep-
pich.

le grain de beauté sous l'œil gauche, signe incontestable de quelque malédiction divine …

Vous ne manquerez pas d'admirer la magnifique vue depuis la terrasse … Les jours de grand vent, on aperçoit les tours de Saint-Roch …

Par ici, s'il vous plaît. Attention à la marche.

Pincez-moi, je rêve.

Les touristes regardaient attentivement le grain de beauté de la sorcière et lui demandaient s'il n'avait jamais peur la nuit.

– Parbleu, mais c'est que j'ai de quoi me défendre!

Il désignait les armures, hallebardes, arbalètes et autres massues accrochées dans l'escalier.

Les gens acquiesçaient gravement et les caméras se dressaient.

Mais qu'est-ce que c'était que ce délire?

Quand nous sommes passés devant lui en quittant la pièce, son visage s'est illuminé. Oh, rien que de

---

1 **le grain de beauté:** Leberfleck, Schönheitsfleck. · 1 f. **incontestable:** unbestritten, eindeutig. · 4 **depuis:** hier: von … aus. · 11 **parbleu** (interj.): weiß Gott!, bei Gott! · 13 **désigner:** zeigen, deuten auf. · **une armure:** Rüstung. · **une hallebarde:** Hellebarde (Hieb- und Stoßwaffe mit langem Stiel). · **une arbalète:** Armbrust. · 14 **la massue:** Keule. · 16 **se dresser:** sich erheben, aufrichten. · 19 **s'illuminer:** strahlen, sich erhellen.

très discret. Un hochement, tout au plus. Cette complicité du sang et des anciennes accointances.

La marque des Grands.

Nous pouffions entre les heaumes et les arque-
5 buses pendant qu'il continuait à pérorer sur les difficultés qu'engendrait l'entretien d'une telle bâtisse … Quatre cents mètres carrés de toiture, deux kilomètres de gouttière, trente pièces, cinquante-deux fenêtres et vingt-cinq cheminées mais … pas de
10 chauffage. Ni d'électricité d'ailleurs. Et pas encore l'eau courante maintenant que vous m'y faites songer! D'où la difficulté, pour votre humble serviteur, de trouver une fiancée …

Les gens riaient.

15 … Ici un portrait très rare du comte de Dunois. Notez les armoiries que vous retrouverez sculptées sur le fronton du grand escalier dans l'angle nord-ouest de la cour.

2 **une accointance** (vx.): familiäre Bindung (*des accointances:* Beziehungen). • 3 **la marque des Grands:** etwa: ein Zeichen der Zugehörigkeit zum Adel. • 4 **le heaume:** Helm. • 4f. **une arquebuse:** Arkebuse, Hakenbüchse. • 5 **pérorer** (oft péj.): Volksreden halten. • 6 **engendrer:** verursachen, nach sich ziehen. • **un entretien:** Pflege, Instandhaltung, Unterhalt (*entretenir:* unterhalten, pflegen). • **la bâtisse** (oft péj.): Bauwerk, ‚Kasten'. • 7 **la toiture:** Bedachung, Dach, Dachbelag. • 8 **la gouttière:** Dachrinne, Regenrinne. • 11 **l'eau courante:** fließend Wasser. • 12 **humble:** einfach, bescheiden; ergeben. • **le serviteur:** Diener. • 15 **le comte / la comtesse:** Graf, Gräfin. • 16 **les armoiries** (f. pl.!): Wappen. • 17 **le fronton:** (Front-)Giebel.

Nous pénétrons à présent dans une chambre à alcôve aménagée au XVIIIe par ma trisaïeule la marquise de La Lariotine qui venait chasser à courre dans les environs. Pas seulement à courre, hélas …
5 Et mon pauvre marquis d'oncle n'avait rien à envier à la prestance de ce beau dix-cors que vous avez pu admirer dans la salle à manger tout à l'heure … Attention madame, c'est fragile. Par contre, je vous conseille vivement de jeter un cil dans le petit cabi-
10 net de toilette … Brosses, boîtes à sels et pots à onguent sont d'origine … Non, ça mademoiselle, c'est un pot de chambre de la deuxième moitié du XXe et ceci, un bac pour absorber l'humidité …

… Nous arrivons maintenant devant la plus belle
15 partie du château, l'escalier à vis de l'aile nord avec sa superbe voûte en berceau annulaire. Pur chef-d'œuvre de la Renaissance …

---

1 **pénétrer dans qc:** hier: in etwas eintreten. • 1 f. **une alcôve:** Alkoven (Bettnische). • 2 **le trisaïeul / la trisaïeule:** Ururgroßvater, Ururgroßmutter. • 3 **la chasse à courre:** Hetzjagd (*courre*, vx.: ein Tier verfolgen, jagen). • 6 **la prestance:** Stattlichkeit. • **le dix-cors:** Zehnender. • 9 **vivement:** wärmstens, mit Nachdruck. • **jeter un cil sur** (fam.): einen Blick werfen auf, vorbeischauen bei. • 9 f. **le cabinet de toilette:** (kleiner) Waschraum. • 10 **la boîte à sel:** Riechfläschchen (mit Riechsalz). • **le pot:** Topf, Dose. • 10 f. **un onguent:** Salbe. • 12 **le pot de chambre:** Nachttopf. • 13 **le bac:** Becken; Behälter, Box. • 15 **un escalier à vis:** Wendeltreppe (*la vis*: Schraube). • 16 **la voûte en berceau**: Tonnengewölbe (*le berceau:* Wiege). • **annulaire:** ringförmig, rundbogig. • 16 f. **le chef-d'œuvre:** Meisterwerk.

Merci de ne pas toucher, car le temps fait son grand œuvre et mille doigts, je m'en désole, valent autant qu'une pointerolle ...

J'hallucinais.

5 Je ne peux malheureusement pas vous montrer la chapelle, qui est en cours de rénovation, mais je vous adjure de ne pas quitter ma modeste demeure sans avoir effectué un tour dans le parc, où vous ne manquerez pas de ressentir les étranges vibrations
10 que dégagent ces pierres, destinées, je vous le rappelle, à abriter les amours d'un presque roi pris dans les filets d'une troublante jeteuse de sorts ...

Murmures dans l'assemblée.

... Pour ceux qui le souhaitent, cartes postales,

---

2 **se désoler de qc:** etwas bedauern (*la désolation:* Verzweiflung). • **valoir:** Wert sein; hier etwa: dieselbe Wirkung haben. • 3 **la pointerolle:** Spitzeisen, Spitzmeißel. • 4 **j'hallucine** (interj.): ich denke, ich spinne! • 6 **être en cours de** (+ subst.): im Begriff sein ... zu werden. • 7 **adjurer qn de faire qc** (litt.): jdn. beschwören, inständig bitten etwas zu tun. • **la demeure** (litt.): Wohnsitz, Haus. • 8 **effectuer:** machen, tätigen, durchführen. • 8f. **ne pas manquer de faire qc:** sich etwas nicht entgehen lassen. • 10 **dégager:** verströmen, verbreiten, freisetzen. • 11 **abriter qc:** einer Sache Schutz bieten. • 12 **troublant, e:** betörend, bezaubernd; beunruhigend. • **le jeteur / la jeteuse de sort** (m.): jd., der den bösen Blick hat; Hexenmeister, Hexe. • 13 **une assemblée:** Versammlung, Runde.

photos-souvenirs en armure et cabinets d'aisances à la sortie du parc ...

En vous souhaitant une bonne journée, je me permets, mesdames et messieurs, de vous rappeler de
5 ne pas oublier le guide. Que dis-je, le guide? Le pauvre forçat de cette demeure! L'esclave privilégié, qui ne vous demande pas l'aumône mais de quoi subsister jusqu'au retour du comte de Paris.
10 Merci.
Merci, mesdames.
Thank you, sir ...

Nous avons suivi le groupe pendant qu'il se retirait par une porte dérobée.
15 Les manants étaient sous le charme.

Nous avons fumé une cigarette en l'attendant.

---

1 **le cabinet d'aisances** (f.): Toilette. • 6 **le forçat:** Galeerensträfling; hier: Arbeitstier. • 7 **demander l'aumône** (litt.): um eine milde Gabe bitten (*une aumône:* Almosen, milde Gabe). • 8 **subsister:** überleben (*la subsistance*: Lebensunterhalt, Versorgung). • 8 f. **le comte de Paris:** der Graf von Paris, Chef des Hauses Orléans und dessen Prätendent auf den französischen Thron; z. Zt. Henri VII. »le retour du compte de Paris« bedeutet hier, dass er auf die Rückkehr der Monarchie und somit auf die Wiedererlangung seiner Rechte hofft. • 14 **dérobé, e:** Geheim..., versteckt. • 15 **le manant / la manante** (péj.; vx.): Bauer, Bäuerin; Bauerntölpel. • **être sous le charme:** verzaubert sein.

Le type de l'entrée harnachait les gamins dans une armure cabossée et les prenait en photo avec l'arme de leur choix.

Deux euros le Polaroid.

5   Jordan! Fais attention, tu vas éborgner ta sœur!

Le type était super zen ou super stone ou super neuneu. Il s'activait lentement et semblait totalement dénervé. Une gitane maïs au coin du bec et la
10 casquette des Chicago Bulls vissée à l'envers, c'était assez déroutant comme vision. Un peu *Fantasia chez les ploucs*.

Jordan! Pose ce truc!!!

---

1 **harnacher:** Geschirr umlegen (einem Tier); hier etwa: festklemmen (*le harnais:* Geschirr). • 2 **cabossé, e:** verbeult. • 5 **éborgner qn:** jdm. ein Auge ausstechen (*borgne:* einäugig, auf einem Auge blind). • 7 **stone** (angl.; fam.): bekifft, stoned, unter Drogen. • 8 **neuneu** (fam.): plemplem. • **s'activer:** sich bewegen. • 9 **dénervé, e:** Wortspiel der Autorin zu *énervé, e*. • **la gitane:** Zigeunerin; hier: französische Zigarettenmarke mit einer Zigeunerin als Logo, existiert seit 1910. *Gitanes maïs* wird mit Maispapier hergestellt, was die Wirkung des Tabaks verstärkt; ihr Verkauf ist in Deutschland untersagt. • **le bec:** hier (fam.): Mund. • 10 **Chicago Bulls:** Mannschaft der US-amerikanischen Basketball-Profiliga NBA. Die Bulls gehören durch ihre Erfolge in den 1990er Jahren zu den weltweit bekanntesten Mannschaften der NBA. • 11 **déroutant, e:** verwirrend (*la déroute:* Flucht; Niederlage; Debakel). • 11 f. **«Fantasia chez les ploucs»:** *The Diamond Bikini* (1956); Kriminalroman des US-amerikanischen Schriftstellers Charles Williams (1909–75) (*le plouc*, fam.: Bauer, Stoffel).

Une fois les gens partis, Super Neuneu a pris un râteau et s'est éloigné en mâchant son clopo.

On commençait à se demander si le petit baron de La Lariotine daignerait jamais comparaître …
5   Je ne cessais de répéter «J'hallucine … J'hallucine … Nan mais, j'hallucine, là …» en secouant la tête.
    Simon s'intéressait au mécanisme du pont-levis et Lola rafistolait un rosier grimpant.
    Vincent est arrivé en souriant. Il portait mainte-
10 nant un jean noir fatigué et un tee-shirt de Sundyata.

– Hé, mais qu'est-ce que vous foutez là?
    – On s'ennuyait de toi …
    – Ah? C'est sympa.
    – Ça va?
15   – Super. Mais vous ne deviez pas aller au mariage d'Hubert?
    – Si, mais on s'est trompés de chemin.
    – Je vois … C'est cool.

C'était bien lui. Calme, gentil. Pas plus ému que ça
20 de nous voir mais drôlement content quand même.

---

1 f. **le râteau:** Rechen, Harke (*ratisser:* rechen, harken). • 2 **mâcher:** kauen. • **le clopo** (pop.; vx.): Zigarette, ‚Kippe'. • 4 **comparaître:** erscheinen. • 7 **le pont-levis:** Zugbrücke. • 8 **rafistoler** (fam.): flicken, reparieren. • **grimpant, e:** Kletter… • 10 **fatigué, e:** hier (fig.): abgenutzt, abgetragen, verschlissen. • **Sundyata:** französische Reggae-Gruppe. • 20 **drôlement:** hier (fam.): ganz schön.

Notre Pierrot lunaire, notre Martien, notre petit frère, notre Vincent à nous.

C'était cool.

– Alors, fit-il en écartant les bras, qu'est-ce que
5 vous pensez de mon petit camping?

– Attends, mais qu'est-ce que c'est que toutes ces conneries? lui ai-je demandé.

– Quoi? Les trucs que je raconte, là? Oh … Non, mais ce ne sont pas que des conneries. Elle a bien
10 existé la Isaure, c'est juste que … Enfin, je ne suis pas bien sûr qu'elle soit venue par ici quoi … D'après les archives, elle serait plutôt du bled d'à côté mais comme il a brûlé, le château d'à côté … Fallait bien qu'on lui retrouve un petit logis, pas
15 vrai?

– Non, mais le truc de tes ancêtres, et ton look d'aristo et tous ces gros bobards que tu leur as racontés tout à l'heure?

– Ah, ça …? Mais mettez-vous à ma place! Je suis
20 arrivé début mai pour faire la saison. La vioque m'a

---

1 **Pierrot lunaire:** melodramatisches Vokalwerk des österreichischen Komponisten Arnold Schönberg (1874–1951), basierend auf Gedichten des belgischen Dichters Albert Giraud. Gelassen nimmt Pierrot die üblen Scherze, die man mit ihm anstellt, hin und denkt, dass man die unbehaglichen Dinge dieser Welt ertragen muss. • **le Martien / la Martienne:** Marsmensch, Marsbewohner(in). • 4 **écarter:** ausbreiten, öffnen. • 17 **un/une aristo** (fam.): *un/une aristocrate.* • **le bobard** (fam.): (Lügen-)Märchen. • 20 **le/la vioque** (fam.): der/die Alte.

dit qu'elle partait en cure et qu'elle me réglerait
mon premier mois en revenant. Depuis, plus de
nouvelles. Disparue la mémé. On est en août et j'ai
toujours rien vu venir. Ni châtelaine, ni feuille de
5 paie, ni mandat, ni rien. Il faut bien que je croûte,
moi! C'est pour ça que j'ai dû inventer tout ce pipeau. J'ai que les pourboires pour vivre et les pourboires, ils ne viennent pas comme ça. Les gens, ils
en veulent pour leur argent et comme tu peux voir,
10 c'est pas exactement Disneyland ici … Alors Bibi y
sort le blazer et la chevalière et y monte au créneau!
   – C'est dément.
   – Hé ma p'tite dame, faut c'qu'y faut …
15   – Et lui, là?
   – Lui, c'est Nono. Il est payé par la commune.
   – Et euh … Il est euh … Il a tous ses modules?
Vincent finissait de se rouler une cigarette:
   – J'en sais rien. Tout ce que je sais c'est que c'est
20 Nono. Si tu comprends le Nono ça va, sinon c'est
dur.

3 **le pépé / la mémé** (fam.): Opa, Oma. • 4 **le châtelain / la châtelaine:** Schlossherr(in). • 4f. **la feuille de paie:** Lohn-, Gehaltsab-
rechnung. • 5 **le mandat:** Auftrag, Anweisung. • **croûter** (fam.):
essen. • 6f. **le pipeau:** Hirtenflöte; Lockpfeife: hier (fam.): Nepp. •
10 **Bibi** (enf.): ich. • **y** (pop.): *il.* • 11 **la chevalière:** Siegelring. •
11f. **monter au créneau** (fig.): auf den Plan treten, auftreten (*le créneau:* Zinne). • 13 **dément, e:** verrückt, geisteskrank. • 17 **ne pas
avoir tous ses modules** (m.; fam.): nicht alle Tassen im Schrank haben.

– Mais qu'est-ce que tu fais toute la journée?

– Le matin, je dors, l'après-midi j'assure les visites et la nuit c'est pour ma musique.

– Ici?

5 – Dans la chapelle. Je vous montrerai … Et vous alors? Qu'est-ce que vous faites?

– Ben, nous euh … rien. On voulait t'inviter au restau…

– Quand? Ce soir?

10 – Ben oui, gros malin! Pas après la prochaine croisade!

– Ah nan mais ce soir ça va pas être possible … Y a Nono qui marie sa nièce justement, et je suis invité …

15 – Hé! Tu nous le dis si on te dérange, hein?!

– Pas du tout! C'est trop cool que vous soyez là. On va arranger ça … Nono!

L'autre s'est retourné lentement.

– Tu crois que ça ferait du dérangement si mon
20 frère et mes sœurs venaient ce soir?

Il nous a dévisagés longuement et puis il a demandé:

– C'est ton frangin?

– Ouais.

– Et elles? C'est tes frangines?

25 – Oui.

---

10 **le malin / la maligne:** Schlaukopf, Schlauberger. · 11 **la croi-sade:** Kreuzzug. · 21 **dévisager qn:** jdn. von oben bis unten mustern. · 22/24 **le frangin / la frangine** (fam.): Bruder, Schwester.

– Elles sont encore vierges?

– Hé, mais Nono, c'est pas de ça qu'on parle! Nono, merde … Tu crois qu'ils peuvent venir ce soir?

5 – De qui?

– Oh putain, il va me tuer ce mec, ben, eux!

– Venir où?

– Au mariage de Sandy!

– Bien sûr. Pourquoi que tu me demandes?

10 Il m'a désignée du menton et il a ajouté:

– Elle viendra aussi, elle?

Gloups.

Il me lâche l'affreux Gollum, là …

Vincent était accablé.

15 – Il me tue. La dernière fois, je ne sais pas ce qu'il a foutu, mais y a un gamin qui est resté coincé dans l'armure et on a dû appeler les pompiers … Arrêtez de vous marrer, on voit bien que ce n'est pas vous qui vous le cognez tous les jours …

20 – Pourquoi tu vas au mariage de sa nièce alors?

– Je ne peux pas faire autrement. Il est très sen-

1 **la vierge:** Jungfrau. · 6 **putain** (interj.; pop.): verdammt!, verflucht! (*la putain*, pop.: Nutte, Hure). · 12 **gloups** (interj.): schluck. · 13 **Gollum:** Figur aus J. R. R. Tolkiens (1892–1973) Romanen *Der kleine Hobbit* und *Der Herr der Ringe*. Der Hobbit Sméagol wird durch den Besitz eines magischen Ringes zum bösartigen Gollum, der, aus seinem Dorf vertrieben, in Höhlen lebt, bis ihm der Ring gestohlen wird. · 16 **rester coincé, e:** stecken bleiben.

sible vous savez … C'est ça, c'est ça, riez donc, les pucelles … Dis-moi, Simon, elles m'ont l'air toujours aussi graves ces deux-là … Et puis sa mère me donne plein de bons trucs. Des terrines, des lé-
5 gumes de son potager, des saucissons … Sans elle, je n'aurais pas pu tenir.

J'hallucinais.

– Bon, ben c'est pas le tout … Il faut que je compte la caisse, que je nettoie les chiottes, que
10 j'aide l'autre taré à ratisser les allées et que je ferme toutes les portes.

– Y en a combien?

– Quatre-vingt-quatre.

– On va t'aider …
15 – Cool, c'est sympa. Tenez, là il y a un autre râteau et pour les toilettes, on prend le jet d'eau …

On a relevé les manches de nos beaux habits et on s'est tous mis au boulot.

2 **le puceau / la pucelle:** Junge, Mädchen ohne sexuelle Erfahrung, Jungfrau. · 5 **le potager:** Gemüsegarten. · 10 **le taré / la tarée** (fam.): Gehirnamputierte(r), Vollidiot(in).

– Je crois que c'est bon, là. Vous voulez aller vous baigner?

   – Où ça?

   – Il y a une rivière en bas …

5   – Elle est propre? a demandé Lola.

   – Les renards pissent pas dedans? ai-je ajouté.

   – Pardon?

On n'était pas très chaudes.

   – T'y vas, toi?

10   – Tous les soirs.

   – Alors on t'accompagne …

Simon et Vincent marchaient devant.

   – J'ai un 33 des MC5 pour toi.

   – C'est pas vrai?

15   – Eh si …

   – Premier pressage?

   – Eh oui …

   – Cool. Comment t'as fait pour trouver ça?

   – Dame, c'est que rien n'est trop beau pour
20 Monseigneur!

   – Tu te baignes?

   – Bien sûr.

   – Ho, les filles? Vous vous baignez?

8 **chaud, e:** hier (fig.): Feuer und Flamme. • 13 **le 33** (fam.): *le 33 tours:* Langspielplatte, LP. • **MC5:** US-amerikanische Rockband, die von 1964 bis 1972 bestand; Vorläufer der Punk-Bewegung. • 19 **dame** (interj.): na!

– Pas tant que l'autre obsédé est dans les parages, ai-je murmuré à l'oreille de Lola.

– Non, non! On vous regarde!

– Il est là, grinçai-je. Je le sens. Il nous mate de derrière les feuillages …

Ma sœur ricanait.

– J'hallucine, je te jure …

– On a compris que t'hallucinais, on a compris. Allez, assieds-toi.

Lola avait sorti le *Water-Closer* de mon sac et cherchait notre horoscope.

– T'es Verseau, toi, non?

– Hein? De quoi? fis-je en me retournant prestement pour faire fuir l'onaniste Nono.

– Bon … Tu m'écoutes?

– Oui.

– *Soyez sur vos gardes. En cette période dominée par Vénus en Lion, tout peut arriver. Une rencontre,*

---

1 **un obsédé / une obsédée:** Besessene(r); Sittenstrolch, Triebtäter. • 1f. **les parages** (m. pl.!): Gegend, Umgebung. • 5 **le feuillage:** Blätter, Laub(werk). • 10 **le «Water-Closer»:** Wortspiel mit *water-closet* und der englischen Illustrierten *Closer.* In Frankreich wird die Regenbogenpresse oft als *presse chiotte* bezeichnet, s. o. S. 74. • 12 **le verseau** (astrol.): Wassermann. • 13 **hein?** (interj.): wie bitte? • 13f. **prestement** (litt.): schnellstens, rasch. • 14 **un/une onaniste:** Onanist(in). • 17 **être sur ses gardes:** auf der Hut sein.

110

le grand Amour, celui que vous attendiez est tout
proche. Assumez votre charme et votre sex-appeal
et, surtout, soyez ouverte à toute opportunité. Votre
caractère bien trempé vous a souvent joué de mau-
5 *vais tours. Il est temps d'assumer votre part de ro-*
mantisme.

Cette idiote était morte de rire.

– Nono! Reviens! Elle est là! Elle va assumer sa
part de ro…!

10 J'avais posé ma main sur sa bouche.

– N'importe quoi. Je suis sûre que tu viens de
tout inventer …

– Pas du tout! Regarde toi-même! Je lui ai arra-
ché ce torchon des mains.

15 – Montre …

– Là, regarde … *dominée par Vénus en Lion*, je
n'invente rien …

– N'importe quoi …

– Enfin, si j'étais toi, je me tiendrais sur mes
20 gardes quand même …

– Pfff … C'est que des conneries ces trucs-là …

– Tu as raison. Voyons plutôt ce qui se passe du
côté de Saint-Trop' …

---

2 **assumer qc:** zu etwas stehen. • 4 **trempé, e:** durchnässt; hier
(fig.): eisern. • 4 f. **jouer un mauvais tours à qn:** jdm. zu schaffen
machen, Unannehmlichkeiten bringen. • 14 **le torchon:** (Ge-
schirr-)Tuch; hier (fam.): Käseblatt.

– Attends … Me dis pas que ce sont des vrais seins, là?

– En effet, je ne dirais pas ça.

– Et t'as vu le … Hiiiii!!! Simon, dégage ou j'ap-
5 pelle ta femme!

Les garçons étaient venus s'ébrouer contre nous.

On aurait pu s'en douter … S'en souvenir plutôt … Vincent, les joues gonflées d'eau, s'est mis à
courser Lola qui hurlait à travers champs en se-
10 mant tous les boutons de sa robe.

J'ai rassemblé fissa nos petites affaires et je me
suis dépêchée de les rejoindre en crachant des oust,
des pfutt et des pshhhh à tous les buissons environ-
nants avec l'index et le petit doigt en cornes d'es-
15 cargot.

Arrière, Belzébuth.

Vincent nous a fait visiter ses appartements privés
dans les communs.

Sommaires.

6 **s'ébrouer:** schnauben; sich schütteln. · 9f. **semer:** säen, streuen;
hier (fig.): verteilen (*la semence:* Saat[gut], Samen). · 11 **fissa**
(arg.): schnell. · 12 **oust** (interj.): verschwinde/verschwindet!,
husch, husch! · 13 **le buisson:** Busch, Strauch. · 13f. **environ-
nant, e:** der Umgebung. · 14f. **en cornes d'escargot** (m.): hier
etwa: in Form von Teufelshörnern. · 16 **Belzébuth:** Beelzebub,
Teufel. · 18 **les communs** (m. pl.!; vx.): Nebengebäude.

Il avait descendu un lit du premier étage – où il avait trop chaud – et avait établi ses quartiers dans les écuries. Comme par hasard, il avait choisi la stalle de Joli Cœur.

5   Entre Polka et Ouragan …

Il était sapé comme un milord. Boots impeccablement cirées. Pur costard blanc des années 70. Taille basse et chemise en soie rosé pâle au col si pointu qu'il en chatouillait les emmanchures. Sur
10 n'importe qui c'eût été ridicule, sur lui c'était classieux.

Il est passé prendre sa guitare. Simon a récupéré le cadeau dans son coffre et nous sommes descendus au village.

15 La lumière du soir était très belle. Toute la campagne, ocre, bronze, vieil or, se reposait de sa longue journée. Vincent nous a demandé de nous retourner pour admirer son donjon. Une splendeur.
    – Vous vous moquez …

---

2 **établir:** errichten, aufbauen. • **les quartiers** (m. pl.!; milit.): Quartier, Unterkunft. • 3 **une écurie:** Pferdestall. • 4 **la stalle:** Pferdebox. • 4f. **Joli Cœur / Polka / Ouragan:** Pferdenamen. • 6 **se saper** (fam.): sich anziehen, kleiden. • 6f. **impeccable:** tadellos, picobello. • 7 **cirer:** polieren, wachsen. • **le costard** (fam.): Anzug. • 8 **la soie:** Seide. • 9 **chatouiller:** kitzeln (*chatouilleux, -euse:* kitzlig). • 10f. **classieux, -euse** (fam.): schick, fein, elegant. • 12 **récupérer:** wiederbekommen; hier (fam.): holen. • 18 **la splendeur:** Pracht, Herrlichkeit.

– Pas du tout, pas du tout … fit Lola, toujours soucieuse de l'Harmonie Universelle.

Simon s'est mis à entonner:

– Ô mon châtôôôôô, c'est le plus bôôôô des châ-
5 tôôôôôôôôô …

Simon chantait, Vincent riait et Lola souriait. Nous marchions tous les quatre au milieu d'une chaussée toute chaude à l'entrée d'un petit village de l'Indre.
10 Il flottait dans l'air une odeur de goudron, de menthe et de foin coupé. Les vaches nous admiraient et les oiseaux s'appelaient à table.

Quelques grammes de douceur.

Lola et moi avions remis chapeau et déguise-
15 ments.

Pas de raison. Un mariage, c'est un mariage.

Enfin, c'est ce que nous nous disions jusqu'à ce que nous arrivions à destination …

Nous sommes entrés dans une salle des fêtes sur-
20 chauffée qui sentait encore la sueur et la vieille

---

2 **soucieux, -euse de qc:** um etwas besorgt. · 3 **entonner:** anstimmen. · 10 **flotter:** schwimmen; hier (fig.): hängen, schweben. · **le goudron:** Teer. · 11 **le foin:** Heu. · 14f. **le déguisement:** Verkleidung. · 20 **la sueur:** Schweiß.

114

chaussette. Les tatamis étaient empilés dans un coin et la mariée se tenait assise sous un panier de basket. Elle avait l'air un peu dépassée par les événements.

5 Tablées façon banquet d'Astérix, vin de pays en cubis et zizique à plein volume.

Une grosse dame tout empaquetée de froufrous s'est précipitée sur notre petit frère:

– Ah! Le voilà! Viens mon fils, viens! Nono m'a
10 dit que tu étais en famille … Venez tous, venez par là! Oh qu'ils sont beaux! Quel beau chapeau! Et elle, comme elle est maigre la petite! Et alors?! Y vous font rien manger à Paris? Installez-vous. Mangez les enfants. Mangez bien. Il y a tout ce qu'il
15 faut. Demandez à Gérard qu'il vous serve à boire. Gérard! Viens donc par là mon gars!

Vincent n'arrivait plus à se dépêtrer de ses bisous et moi, je comparais. Je pensais au contraste entre la gentillesse de cette dame inconnue et le mépris

---

1 **le tatami:** Tatami; traditionelle japanische Fußbodenmatte aus Reisstroh; hier: Sportmatte (Festhallen dienen auf dem Land häufig auch als Turnhallen). • **empiler:** aufeinanderstapeln (*la pile:* Stapel). • 3 **dépassé, e:** überfordert. • 5 **la tablée:** Tischgesellschaft. • 5f. **le vin en cubi** (m.): Kartonwein (*le cubi*, fam.: eigtl. *le cubitainer:* Weinbox, Plastik-Weinfass). • 6 **la zizique** (enf.): Musik. • 7 **empaqueter:** ein-, verpacken. • **les froufrous** (m.): Rüschen. • 17 **se dépêtrer de qc:** sich aus etwas befreien. • 19 **le mépris:** Verachtung (*mépriser:* verachten).

poli de mes grand-tantes tout à l'heure. J'hallucinais, quoi …

– On va peut-être dire bonjour à la mariée quand même?

5 – C'est ça, donnez-lui le bonjour et voyez si vous trouvez Gérard … Qui soye pas déjà roulé dessous une table, ça ferait mauvais genre.

– C'est quoi ton cadeau? ai-je demandé à Simon.

Il ne savait pas.

10 Nous avons embrassé la mariée à tour de rôle.

Le marié était rouge comme une pivoine et il regardait d'un drôle d'œil le superbe plateau à fromages choisi par Carine que sa femme venait de déballer. C'était un machin ovale avec des poignées
15 en morceaux de ceps et des feuilles de vigne moulées dans du Plexiglas.

Il n'avait pas l'air convaincu.

Nous nous sommes assis à un bout de table, accueillis à bras ouverts par les deux tontons qui
20 étaient déjà bien partis.

---

1 **poli, e:** höflich (*la politesse:* Höflichkeit). · 7 **faire mauvais genre:** einen schlechten Eindruck, sich nicht gut machen. · 10 **à tour de rôle** (m.): der Reihe nach, abwechselnd. · 11 **la pivoine:** Pfingstrose. · 14 **déballer:** auspacken (*emballer:* einpacken). · 15 **le cep:** Reb-, Weinstock. · **la vigne:** Wein (Pflanze). · 15f. **mouler:** formen; einen Abdruck machen (*le moule:* Form; Abdruck). · 20 **être déjà bien parti, e** (fam.): etwa: schon gut bei der Sache sein.

– Gé-rard! Gé-rard! Gé-rard! Hé, les gosses! Allez chercher à manger pour nos amis! Gérard! Où
qu'il est passé, nom de Dieu?

Gérard est arrivé avec son cubi et la fête a com-
5 mencé.

Après la macédoine à la mayonnaise dans sa coquille Saint-Jacques, le méchoui dans ses frites à la
mayonnaise, le fromage de chèvre (prononcer
«chieub'») et les trois parts de vacherin, tout le
10 monde s'est poussé pour laisser la place à Guy
Macroux et son orchestre de charme.

Nous étions comme des bienheureux. L'oreille
aux aguets et les mirettes grandes ouvertes. À
droite, la mariée ouvrait le bal avec son père sur du
15 Strauss à bretelles, à gauche les tontons commen-
çaient à se bastonner méchamment à propos du
nouveau sens interdit devant la boulangerie Pidoune.

3 **nom de Dieu** (interj.; fam.): Menschenskind!, verdammt nochmal! • 6 **la macédoine**: (*de fruits*) Obstsalat; (*de légumes*) Misch-
gemüse. • 6f. **la coquille Saint-Jacques:** Jakobsmuschel. • 7 **le
méchoui** (arab.): Hammel am Spieß. • 9 **le chieub** (région.): regi-
onale, bäuerliche Aussprache von *la chèvre:* Ziege. • **le vacherin:**
eisgekühlter Baiserkuchen mit Früchten und Crème fraîche; klas-
sischer Hochzeitskuchen. • 12 **bienheureux, -euse:** glücklich; se-
lig; hier etwa: in einem absoluten Glückszustand. • **une oreille:**
hier: Gehör. • 13 **aux aguets** (m. pl.!): auf der Lauer; hier etwa:
empfangsbereit. • **la mirette** (fam.): Auge. • 15 **à bretelles**
(fam.): in der Akkordeonversion (*le piano à bretelles*, fam.: Ak-
kordeon). • 16 **se bastonner** (fam.): sich mit Stöcken schlagen;
hier (fig.): sich verbal niedermachen.

Tout cela était pittoresque.

Non. Mieux que ça et moins condescendant: savoureux.

Guy Macroux avait un faux air de Dario Moreno.

5 Petite moustache au RégéColor, gilet flamboyant, joaillerie de prix et voix de velours.

Aux premières mesures d'accordéon, tout le monde était en piste.

«Ce qui lui va, c'est un p'tit tchachacha – Ah!
10 *Ce qui lui faut, c'est un pas de mambo – Oh!*

– Allez! Tous ensemble!
La la la la … la la la la la …
– Je n'entends rien!
LA LA LA LA … LA LA LA LA LA …

15 – Et au fond là-bas! Les mamies! Avec nous, les filles!
Opidibi poï poï!»

1 **pittoresque:** malerisch; originell. · 2f. **savoureux, -euse:** köstlich. · 4 **Dario Moreno:** eigtl. David Arugete (1921–68); jüdisch-türkischer Sänger und Schauspieler. · 5 **RégéColor:** Haarfärbemittel (Markenname). · 5f. **flamboyant, e:** leuchtend. · 6 **la joaillerie:** Juweliergeschäft; Schmuck. · **de prix:** wertvoll, von großem Wert. · 7 **la mesure:** Takt. · 8 **être en piste** (f.): auf der Tanzfläche sein. · 9ff. **Ce qui lui va … Opidibi poï poï:** Auszüge aus dem Lied *Quand elle danse* von Dario Moreno.

118

Lola et moi étions déchaînées et j'ai dû rouler ma
jupe pour suivre le rythme.

Les garçons, comme d'habitude, ne dansaient
pas. Vincent baratinait une demoiselle au décolleté
5 laiteux et Simon écoutait les souvenirs de mildiou
d'un vieux pépé.

Ensuite on a eu *La jar'telle! La jar'telle! La jar'telle!*
avec ses débordements et son pesant de gros saucissons. La jeune épousée avait été brouettée
10 jusque sur une table de ping-pong et … hof … ça
ne vaut pas la peine d'être raconté. Ou alors c'est
moi qui suis trop délicate.

Je suis sortie. Paris commençait à me manquer.

Lola est venue me rejoindre for ze moonlight ciga-
15 rette.

Elle était suivie d'un type un poil collant (c'est-

---

1 **déchaîné, e:** hemmungslos, entfesselt; hier: außer Rand und
Band. • **rouler:** hier: hochkrempeln. • 4 **baratiner qn** (fam.): jdn.
anmachen. • 5 **laiteux, -euse:** milchig. • **le mildiou:** Mehltau (eine
Mehltau-Epidemie richtete in Frankreich in den 50er Jahren
erhebliche Schäden im Weinbau an). • 7 **la jar'telle** (fam.): eigtl.:
la jarretelle: Strumpfhalter, Strapse. • 8 **les débordements:** Ex-
zesse. • 8f. **le pesant de gros saucissons** (m.): hier etwa: vulgäre
Atmosphäre, Vulgaritäten. • 9 **brouetter qc:** etwas karren, mit
einem Schubkarren befördern (la brouette: Schubkarren). •
14 **for ze** (plais.; angl.): *for the.* • 16 **un poil** (+ adj.) (fam.): ein
Fünkchen, Stück zu … • **collant, e:** hier (fam.): aufdringlich.

à-dire assez velu et que la sueur satinait) qui tenait absolument à la réinviter à danser.

Chemisette façon hawaïenne à manches courtes, pantalon de viscose, chaussettes blanches avé la
5 rayure tennis et mocassins tressés.

Un charme fou.

Et, et, et … j'allais oublier: le fameux harnais en cuir noir avec les poches poitrine! Trois poches à gauche et deux à droite. Plus le couteau à la cein-
10 ture. Plus le portable sous sa housse. Plus la boucle d'oreille. Plus les sun glassizes. Plus la chaîne pour retenir le portefeuille. Moins le fouet.

Indiana Jones en personne.

– Tu me présentes?

15 – Euh … Oui … Donc, euh … Ma sœur Garance et euh …

– T'as d'jà oublié mon prénom?

– Euh … Jean-Pierre?

– Michel.

20 – Ah, oui, Michel! Michel Garance, Garance Michel …

– Salut, fis-je le plus sérieusement possible.

---

1 **velu, e:** behaart. · **satiner:** polieren; hier etwa: die Haut zum Glänzen bringen. · 1f. **tenir à faire qc:** darauf bestehen etwas zu tun. · 4 **avé:** *avec* (südfranzösische Aussprache). · 5 **la rayure tennis:** Nadelstreifen. · **tressé, e:** geflochten (*la tresse:* Zopf). · 6 **fou, fol, folle:** hier: unglaublich. · 7 **le harnais:** Geschirr; Gurtzeug; hier: Weste, Kutte. · 10 **la housse:** (Schutz-)Hülle, Überzug. · 11 **les sun glassizes** (angl., plais.): *sun glasses*. · 12 **le fouet:** Peitsche. · 13 **Indiana Jones:** Filmheld, Inbegriff des attraktiven Abenteurers.

– Jean-Michel. C'est Jean-Michel que je me nomme … Jean comme les gens et Michel comme le mont Saint-Michel, mais sans rancune, va … Salut! Alors comme ça vous êtes sœurs? C'est marrant vous vous ressemblez pas du tout … Vous êtes sûres qu'y en a pas une qu'est du facteur?

Wouarf wouarf wouarf.

Quand il s'est éloigné, Lola a secoué la tête:

– J'en peux plus. Je me suis dégoté le plus lourd du canton. Et un comique d'une délicatesse … Même les Grosses Têtes n'en voudraient pas … C'est une calamité, ce mec …

– Tais-toi, il raboule.

– Hé! Tu connais celle du mec qu'a cinq bites?

– Euh … non. Je n'ai pas cette chance.

– Donc c'est un mec, il a cinq bites. Silence.

– Et alors? je demande.

---

1 f. **se nommer:** sich nennen, heißen. · 3 **le mont Saint-Michel:** Felseninsel im Ärmelkanal vor der Normandie-Küste; berühmt durch das auf ihr erbaute Benediktinerkloster. · **la rancune:** Groll, Rachegelüste (*rancunier, -ière:* nachtragend). · **va** (interj.; fam.): das kannst du mir glauben. · 9 **lourd, e:** hier (fam.): anstrengend; plump. · 10 **le canton:** Landkreis. · 11 **les Grosses Têtes:** Comedy- und Kultur-Radiosendung auf RTL, bei der ein teilweise festes Ensemble aktuelle Themen bespricht und sich anspruchsvollen Quizfragen auf humorvolle Weise stellt; seit ihren Anfängen 1977 vom Journalisten und Komiker Philippe Bouvard moderiert. · 12 **la calamité:** Katastrophe, Unheil. · 13 **rabouler** (arg.): kommen (von *abouler*, arg.: kommen). · 14 **la bite** (vulg.): ,Schwanz' (Penis).

– Alors son slip lui va comme un gant!
Au secours.

– Et celle de la pute qui suce pas?
– Plaît-il?
5   – Tu sais comment on appelle une pute qui suce
pas?

C'était surtout la tête de ma sœur qui me faisait
rire. Ma sœur toujours si classe avec ses Saint Laurent vintage, ses beaux restes de danse classique,
10 son intaille et ses bouffées de chaleur dès qu'il
s'agit de manger sur une nappe en papier … Son
air éberlué et ses yeux grands comme des sou-
coupes en biscuit de Sèvres, c'était grandiose.

– Alors?
15   – Hélas non. Je donne ma langue, moi aussi …
(Classe *et* drôle. Je l'adore.)
– Eh ben, on l'appelle pas. Ha! Ha! Ha!

---

1 **aller à qn comme un gant** (loc.): jdm. wie angegossen passen (*le gant:* Handschuh). • 3 **la pute** (vulg.; péj.): *la putain.* • **sucer qn** (fam.): jdm. einen blasen. • 4 **plaît-il?** (vx.): wie bitte? • 8f. **les Saint Laurent** (fam.): Schuhe der Marke Yves Saint Laurent (YSL). • 9 **vintage** (angl.): vintage (auf alt gemacht oder gebraucht). • 10 **une intaille:** Intaglio, Gemme (Schmuckstein mit einer vertieft geschnittenen Darstellung). • **la bouffée de chaleur:** Hitzewallung. • 10f. **il s'agit de faire qc:** es geht darum etwas zu tun. • 12 **éberlué, e** (fam.): verblüfft, perplex. • 12f. **la soucoupe:** Untertasse. • 13 **les biscuits de Sèvres:** Bezeichung für die berühmten Porzellanfiguren aus Sèvres (unweit von Versailles); aus Biskuitporzellan, einem Rohporzellan, das noch nicht glasiert ist. • 15 **donner sa langue** (fam.): eigtl.: *donner sa langue au chat* (loc.): (das Raten) aufgeben.

Il était lancé, là … Il a pivoté vers moi en se rete-
nant par les pouces aux poches de son gilet:

– Et toi? Celle du mec qui entoure son hamster
de chatterton, tu la connais?

5   – Non. Mais je n'ai pas envie que tu me la ra-
contes parce qu'elle est trop crade.

– Ah bon? Ah ben tu la connais alors?

– Euh, dis-moi Jean-Montsaintmichel, il faut que
je parle un peu avec ma sœur, là …

10   – C'est bon, c'est bon, j'me casse. Allez … À
dta'l'heure, les founettes!

– Ça y est? Il est parti?

– Oui, mais y a Toto qui prend sa place.

– C'est qui Toto?

15   Nono s'était assis sur une chaise en face de nous.

Il nous observait en grattant l'intérieur des poches
de son pantalon avec une grande application.

Bon.

C'était son costume tout neuf qui devait l'irriter
20   localement …

---

1 **être lancé, e** (fam.): etwa: in voller Fahrt sein. · **pivoter vers qn:**
sich zu jdm. drehen · 2 **le pouce:** Daumen. · 3 **entourer de qc:** in
etwas einwickeln. · 4 **le chatterton:** Isolierband (trägt den Namen
seines britischen Erfinders). · 6 **crade** (fam.): dreckig, versifft;
hier: versaut. · 10 f. **à dta'l'heure** (fam.): *à toute à l'heure:* bis später! · 11 **la founette** (vulg.): Pussy, Muschi, Möse. · 13 **Toto**
(fam.): entspricht dem deutschen Fritzchen in Witzen; hier etwa:
der andere Komiker. · 16 **gratter qc:** an etwas herumkratzen. ·
17 **une application:** Fleiß, Eifer (*s'appliquer:* fleißig sein). · 19 **le
costume:** Anzug. · **irriter qn:** jds. Haut reizen, jdn. jucken.

Sainte Lola lui a fait un petit sourire pour qu'il se sente à l'aise.

Genre: Coucou Nono. C'est nous tes nouveaux amis. Bienvenue dans notre cœur …

5 – Vous êtes encore vierges? il a demandé.

Décidément ça tournait à la fixette son truc … (Tu m'étonnes!)

Sœur Sourire ne s'est pas démontée:

– Alors comme ça, c'est vous le gardien du châ-
10 teau?

– Toi, ta gueule. C'est à celle qu'a les gros nichons que je parle.

Je le savais. Oui, je le savais. Que plus tard, on
en rirait. Que l'on serait vieilles un jour et que vu
15 qu'on n'aurait jamais fait notre gymnastique du périnée sérieusement, on se pisserait dessus en se
rappelant cette soirée. Mais là, ça ne me faisait pas
rire du tout parce que … parce que le Nono, il ba-
vait un peu du côté où il n'y avait pas le mégot et

1f. **se sentir à l'aise:** sich wohl fühlen (*une aise:* Bequemlichkeit, Wohlbehagen). • 3 **genre** (m.; fam.): in der Art. • 6 **la fixette** (fam.): fixe Idee. • 8 **Sœur Sourire** (iron.): etwa: Miss Sonnen-schein. • **se démonter:** sich zerlegen lassen; hier (fig.): die Fas-sung verlieren. • 11 **ta gueule** (interj.; fam.): halt's Maul!, halt die Klappe! • 11f. **les nichons** (m.; fam.): Titten. • 14f. **vu que** (+ ind.): da, nachdem. • 15f. **la gymnastique du périnée:** Beckenbo-dengymnastik (*le périnée:* Perineum, Damm). • 18f. **baver:** spei-cheln, sabbern (*la bave:* Speichel, Schaum). • 19 **le mégot** (fam.): Kippe, (Zigaretten-)Stummel.

ça, c'était vraiment nippant. Ce filet de salive qui n'en finissait pas de juter sous la lune …

Heureusement Simon et Vincent sont arrivés à ce moment-là.

5 – On s'éclipse?

– Bonne idée.

– Je vous rejoins, je vais chercher ma gratte.

Tout l'amour que j'ai pour touââââ …
Wap dou ouâ doua doua … Wap dou ouâ …

10 La voix de Guy Macroux résonnait dans tout le village et nous dansions entre les voitures.

Mes criiiiis de joiââââââââ, je te les doiââââââââ …

– On va où, là?

Vincent contournait le château et s'enfonçait

15 dans un chemin sombre.

– Boire un dernier verre. Une sorte d'*after* si vous préférez … Vous êtes fatiguées les filles?

– Et Nono? Il nous a suivis?

– Mais non … Oublie-le … Alors? Vous venez?

---

1 **être nippant, e** (fam.): etwa: einem die Schuhe ausziehen. • **le filet de salive** (f.): Speichelfaden (*le filet:* hier: dünner Strahl). • 2 **juter:** saften, tropfen, triefen. • 5 **s'éclipser** (fam.): verschwinden, sich verdrücken. • 7 **la gratte:** Hacke; Schaber; hier (fam.): Gitarre. • 8 ff. **Tout l'amour … je te les doiââââââââ:** aus dem Lied *Tout l'amour que j'ai pour toi* von Dario Moreno. • 14 **contourner qc:** um etwas herumgehen, -fahren. • 14 f. **s'enfoncer dans qc:** in etwas eintauchen, eindringen. • 16 **une after** (angl.; fam.): *une after party.*

C'était un camp de Gitans. Il y avait une ving-
taine de caravanes plus longues les unes que les
autres, de grosses camionnettes blanches, du linge,
des couettes, des vélos, des gamins, des bassines,
5 des pneus, des paraboles, des télés, des faitouts,
des chiens, des poules et même un petit cochon
noir.

Lola était horrifiée:
– Il est plus de minuit et les gamins ne sont pas
10 couchés. Pauvres gosses …
Vincent riait.
– Tu trouves qu'ils ont l'air malheureux, toi?
Ils riaient, couraient dans tous les sens et se pré-
cipitaient sur Vincent. Ils se battaient pour lui por-
15 ter sa guitare et les petites filles nous donnaient la
main.
Mes bracelets les fascinaient.

– Ils vont aux Saintes-Maries-de-la-Mer … J'espère qu'ils seront repartis avant le retour de la
20 vioque parce que c'est moi qui leur ai dit de s'installer ici …

---

1 **le Gitan / la Gitane:** Zigeuner(in). · 3 **la camionnette:** Liefer-
wagen, Kleintransporter. · 4 **la couette:** Daunen-, Steppdecke. ·
la bassine: Schüssel, Wanne. · 5 **la parabole:** Parabolantenne;
Satellitenschüssel. · **le faitout:** Kochtopf, Schmortopf. · 18 **les
Saintes-Maries-de-la-Mer:** alter Wallfahrtsort in Südfrankreich.
Im Mai wird die Stadt zum Pilgerort der Zigeuner zu Ehren ihrer
Schutzheiligen Sara.

– On dirait le capitaine Haddock dans *Les Bijoux de la Castafiore*, ricana Simon.

Un vieux Rom l'a pris dans ses bras.
– Alors fils, te voilà!

5 Il s'en était trouvé des familles, le petit père Vincent … Pas étonnant qu'il snobe la nôtre.

Après, c'était comme dans un film de Kusturica avant qu'il se chope le melon.

Les vieux chantaient des chansons tristes à mou-
10 rir qui vous retournaient la bidoche, les jeunes frappaient dans leurs mains et les femmes dansaient autour du feu. La plupart étaient grosses et

---

1f. **le capitaine Haddock:** Kapitän Haddock aus der Comic-Serie *Tintin* (*Tim und Struppi*). Im Band *Les Bijoux de la Castafiore* (*Die Juwelen der Sängerin*) lässt der Kapitän aus Mitleid Zigeuner in der Nähe seines Schlosses kampieren. • 3 **le/la Rom:** Roma (Zigeuner). • 6 **snober qc** (fam.): sich zu gut für etwas sein, etwas verschmähen (*snober qn:* jdn. von oben herab behandeln). • 7 **Kusturica:** Emir Kusturica (*1954); serbischer Filmregisseur; verarbeitet in seinen Filmen meist politische Themen. In *Zeit der Zigeuner* (*Le Temps des Gitans*) und *Schwarze Katze, weißer Kater* (*Chat noir, chat blanc*) erzählt er vom Leben der Roma. • 8 **se choper le melon** (fam.): sich aufspielen, sich für wichtig nehmen (*choper*, pop.: schnappen, klauen). • 10 **retourner la bidoche de qn** (fam.): jdm. das Herz zerreißen, jdn. zu Tränen rühren (*la bidoche*, fam.: Fleisch).

mal fagotées mais, quand elles bougeaient, tout ondulait autour d'elles.

Les gamins continuaient de courir partout et les mêmes regardaient la télé en berçant des nourris-
5 sons. Presque tous avaient des dents en or et souriaient largement pour nous les montrer.

Vincent était au milieu d'eux comme un coq en pâte. Il jouait en fermant les yeux, juste un peu plus concentré que d'habitude pour tenir leur note
10 et la distance.

Les vieux avaient des ongles comme des serres et leur guitare était un peu creusée à l'endroit où ils la griffaient.

Tdzouing tdzouing, toc.

15 Même si on ne comprenait rien, il n'était pas difficile de deviner les paroles …

    Ô mon pays, où es-tu? Ô mon amour, où es-tu?
    Ô mon ami, où es-tu? Ô mon fils, où es-tu?

---

1 **se fagoter** (fam.; péj.): sich anziehen (*fagoter:* zu einem Bündel binden). • 1 f. **onduler:** wogen (*une onde:* Woge). • 4 **bercer:** wiegen. • 4 f. **le nourrisson:** Säugling. • 7 f. **être comme un coq en pâte** (loc.): nach Strich und Faden verwöhnt werden (*la pâte:* Teig). • 11 **la serre:** Treib-, Gewächshaus. • 12 **creuser:** graben, aushöhlen. • 13 **griffer:** kratzen. • 17 ff. **«Ô mon pays … je chante pour lui»:** für die Roma typische Gesänge über Herkunft und verlorene Heimat.

128

Avec une suite qui devait dire à peu près:

> *J'ai perdu mon pays, je n'ai que des souvenirs.*
> *J'ai perdu mon amour, je n'ai que des*
> > *souffrances.*
> 5 *J'ai perdu mon ami, je chante pour lui.*

Une vieille nous servait des bières éventées. À peine avions-nous fini notre verre qu'elle revenait à l'assaut.

Lola avait les yeux brillants, elle tenait deux ga-
10 mines sur ses genoux et se frottait le menton contre leurs cheveux. Simon me regardait en souriant.

Nous en avions fait du chemin depuis ce matin, tous les deux …

Oups, revoilà la même hilare avec sa Valstar
15 tiède …

J'ai fait signe à Vincent pour savoir s'il avait quelque chose à fumer, mais il m'a fait comprendre que chut, plus tard. Encore un contraste, tiens …
Chez ces gens qui n'envoient pas leurs mômes à
20 l'école, qui laissent peut-être croupir un petit Mo-

---

6 **éventé, e:** abgestanden (Getränk). · 8 **à l'assaut:** etwa: wie von der Tarantel gestochen (*un assaut:* Erstürmung). · 14 **hilare:** ausgelassen fröhlich (*une hilarité:* Heiterkeit, Gelächter). · **la Valstar:** helles Bier aus dem Hause Kronenbourg; kaum noch verbreitet; früher sehr beliebt auch wegen des geringen Preises. · 18 **chut** (interj.): pst. · 20 **croupir:** verfaulen, vegetieren.

zart dans ce gourbi et qui sont bien arrangeants avec nos lois de sédentaires laborieux, on ne fume pas d'herbe.

Par sainte Merco-Benz, pas de ça chez nous.

5 – Vous les filles, vous n'avez qu'à dormir dans le lit d'Isaure …

– Avec les râles qui montent des anciennes geôles? Non merci.

– Mais c'est des conneries tout ça!

10 – Et l'autre détraqué qui a les clefs? Pas question. On dort avec vous!

– O.K., O.K., t'énerve pas Garance …

– Je m'énerve pas! C'est juste que je suis encore vierge figure-toi!

1 **le gourbi:** bescheidene Behausung in den Ländern Nordafrikas; hier (fam.): Elendsbehausung. • **être arrangeant, e:** entgegenkommend sein; hier etwa: sich zurechtlegen. • 2 **les sédentaires** (m.): sesshafte Bevölkerung (im Gegensatz zum fahrenden Volk). • **laborieux, -euse:** arbeitend (im Gegensatz zu den Roma, die meist keine Arbeit haben). • 4 **Sainte Merco-Benz** (interj.; iron.): etwa: beim heiligen Mercedes! (Anspielung auf die Autos, die die Romas vor ihre Wohnwagen spannen). • 10 **le détraqué /** **la détraquée** (fam.): Verrückte(r), Gestörte(r) (*détraquer:* beschädigen, kaputtmachen).

Fatiguée comme j'étais, j'avais quand même réussi à les faire rire. J'étais assez fière de moi.

Les garçons ont dormi chez Joli Cœur et nous chez Ouragan.

5 C'est Simon qui nous a réveillés, il était allé chercher des croissants au village.
– De chez Pidoule? lui ai-je demandé en bâillant.
– De chez Pidoune.

Ce jour-là, Vincent n'a pas ouvert les grilles.
10 «*Fermé pour cause de chutes de pierres*», a-t-il écrit sur un bout de carton.

Il nous a fait visiter la chapelle. Avec Nono, ils avaient déménagé le piano du château jusque devant l'autel et tous les anges du ciel n'avaient plus
15 qu'à swinguer en rythme.
Nous avons eu droit à un petit concert.

C'était amusant de se retrouver là un dimanche matin. Assis sur un prie-Dieu. Sages et recueillis dans la lumière des vitraux à écouter une nou-

---

13 **déménager qc:** etwas (anderswohin) transportieren. • 14 **un autel:** Altar. • 18 **le prie-Dieu:** Betstuhl. • **se recueillir:** sich sammeln. • 19 **le vitrail:** Bleifenster.

131

velle version de toque, toque, toque on heaven's
door …

Lola voulait visiter le château de fond en comble.
J'ai demandé à Vincent de nous refaire son show.
Nous étions écroulés de rire.

Il nous a tout montré: l'endroit où la châtelaine
vivait, ses gaines, sa chaise percée, ses pièges à ra-
gondins, ses recettes de pâtés au ragondin, sa bouteille de gnôle et son vieux *Bottin mondain* tout
graisseux d'avoir été tant tripoté. Et puis le cellier,
la cave, les dépendances, la sellerie, le pavillon de
chasse et l'ancien chemin de ronde. Simon s'émer-
veillait de l'ingéniosité des architectes et autres ex-
perts en fortifications. Lola herborisait.

1 f. **toque, toque, toque on heaven's door** (plais.): gemeint ist
Knockin' on Heaven's Door, berühmtes Lied von Bob Dylan. ·
3 **de fond en comble:** von oben bis unten, ganz und gar. · 5 **écroulé, e de rire** (fam.): platt vor Lachen (*s'écrouler:* einstürzen, zusammenbrechen). · 7 **la gaine:** Hüfthalter. · **la chaise percée:**
Nachtstuhl. · **le piège:** Falle. · 7 f. **le ragondin:** Biberratte, Nut-
ria. · 9 **la gnôle** (fam.): Schnaps, Alkohol. · **le Bottin Mondain:**
mondänes Adress- und Telefonbuch; 1903 erstmals erschienen.
Die Zugehörigkeit zu einem bestimmten gesellschaftlichen Rang
ist Voraussetzung dafür, aufgenommen zu werden. · 10 **graisseux,
-euse:** fettig, schmierig, speckig (*la graisse:* Fett). · **tripoter qc:** etwas befummeln, betatschen, mit etwas herumspielen. · **le cellier:**
Vorratsraum, Vorratskeller. · 11 **la dépendance:** Nebengebäude. · **la sellerie:** Sattelraum. · 12 **le chemin de ronde:** Wehr-
gang. · 12 f. **s'émerveiller de qc:** über etwas in Entzückung geraten. · 13 **une ingéniosité:** Genialität, Einfallsreichtum. · 14 **la
fortification:** Befestigungsanlage. · **herboriser:** Pflanzen sammeln, botanisieren.

J'étais assise sur un banc de pierre et je les observais tous les trois.

Mes frères accoudés au-dessus des douves ... Simon devait regretter sa dernière merveille télé-
5 commandée ... Ah, si seulement Sisseul Deubeulyou était là ... Vincent devait lire dans ses pensées, car il a précisé:

– Oublie tes bateaux ... Y a des carpes monstrueuses là-dedans ... Elles te les boufferaient en
10 moins de deux ...

– Vraiment?

Silence rêveur à caresser le lichen des rambardes ...

– Au contraire, finit par murmurer notre capi-
15 taine Achab, ce serait beaucoup plus drôle ... Il faudrait que je revienne avec Léo ... Laisser de gros poiscailles gober ces joujoux auxquels il n'a jamais eu le droit de toucher, c'est ce qui pourrait nous arriver de mieux à tous les deux ...
20 Je n'ai pas entendu la suite mais j'ai vu qu'ils se

---

4 **la merveille:** Wunder(werk). • 5 f. **Sisseul Deubeulyou:** vgl. S. 47. • 8 **la carpe:** Karpfen. • 8 f. **monstrueux, -euse:** ungeheuer, riesig. • 9 f. **en moins de deux** (fam.): in nullkommanichts. • 12 f. **la rambarde:** Geländer. • 14 **finir par faire qc:** schließlich etwas tun. • 14 f. **le capitaine Achab:** Kapitän Ahab, einbeiniger Kapitän aus dem Roman *Moby Dick* von Herman Melville (1819–91); jagt den weißen Pottwal, der ihm das Bein ausgerissen hat. • 17 **le poiscaille** (fam.): Fisch. • **gober:** (aus)schlürfen, trinken; verschlingen, hinunterschlucken. • **le joujou** (enf.): *le jouet:* Spielzeug.

claquaient les paumes comme s'ils venaient de conclure une belle affaire.

Et ma Lola à genoux, dessinant au milieu des marguerites et des pois de senteur … Le dos de ma
5 sœur, son grand chapeau, les papillons blancs qui s'y risquaient, ses cheveux retenus dans un pinceau, sa nuque, ses bras qu'un récent divorce avait décharnés et le bas de son tee-shirt sur lequel elle tirait pour estomper ses couleurs. Cette palette de
10 coton blanc qu'elle aquarellait peu à peu …
Jamais je n'ai tant regretté mon appareil photo.

On va mettre ça sur le compte de la fatigue mais je me suis surprise à patauger dans la guimauve. Grosse bouffée de tendresse pour ces trois-là et in-
15 tuition que nous étions en train de vivre nos dernières tartines d'enfance …
Depuis presque trente ans qu'ils me faisaient la

---

1 **claquer:** zusammenschlagen. • **la paume:** Handfläche, Handteller. • 2 **conclure:** abschließen • **une affaire:** hier: Geschäft. • 4 **le pois de senteur:** duftende Platterbse (*la senteur:* Duft). • 6 f. **le pinceau:** Pinsel. • 7 f. **décharner:** ausmergeln, auszehren. • 9 **estomper:** verwischen. • 12 **mettre qc sur le compte de qc:** die Schuld für etwas auf etwas schieben. • 13 **patauger dans la guimauve** (fam.): sich sentimentalen Erinnerungen hingeben (*patauger:* waten, stapfen). • 14 **la bouffée:** Zug (an der Pfeife usw.); hier: Anflug. • **la tendresse:** Zuneigung; Nachsicht. • 15 **être en train de faire qc:** dabei sein etwas zu tun. • 15 f. **nos dernières tartines d'enfance:** hier etwa: die letzten Momente unserer Kindheit (*la tartine:* Butterbrot).

134

vie belle … Qu'allais-je devenir sans eux? Et quand la vie finirait-elle par nous séparer?

Puisque c'est ainsi. Puisque le temps sépare ceux qui s'aiment et que rien ne dure.

5 Ce que nous vivions là, et nous en étions conscients tous les quatre, c'était un peu de rab. Un sursis, une parenthèse, un moment de grâce. Quelques heures volées aux autres …

Pendant combien de temps aurions-nous l'éner-
10 gie de nous arracher ainsi du quotidien pour faire le mur? Combien de permissions la vie nous accor-derait-elle encore? Combien de pieds de nez? Combien de petites grattes? Quand allions-nous nous perdre et comment les liens se distendraient-
15 ils?

Encore combien d'années avant d'être vieux?

Et je sais que nous en étions tous conscients. Je nous connais bien.

5 **être conscient, e de qc:** sich einer Sache bewusst sein. • 6 **le rab** (fam.): Nachschlag. • **le sursis:** Aufschub, Fristverlängerung. • 7 **la grâce:** hier: Gnade. • 10 **s'arracher de qc** (fam.): sich aus et-was ausklinken. • 10 f. **faire le mur** (loc.): heimlich (über die Mauer) abhauen. • 11 **la permission** (milit.): Ausgang. • 11 f. **ac-corder qc à qn:** jdm. etwas gewähren. • 12 **faire un pied de nez à qn** (fam.): jdm. ein Schnippchen schlagen, eine lange Nase drehen (*le pied de nez:* lange Nase). • 14 **le lien:** Bande, Fessel; Verbin-dung. • 14 f. **se distendre:** ausleiern, sich lockern (*la distension:* Überdehnung, Zerrung).

La pudeur nous empêchait d'en parler, mais à ce moment précis de nos chemins, nous le savions.

Que nous vivions au pied de ce château en ruine la fin d'une époque et que l'heure de la mue approchait. Que cette complicité, cette tendresse, cet amour un peu rugueux, il fallait s'en défaire. Il fallait s'en détacher. Ouvrir la paume et grandir enfin.

Il fallait que les Dalton, eux aussi, partent chacun de leur côté dans le soleil couchant …

Bécasse comme je suis, j'en étais presque arrivée à me faire pleurer toute seule quand j'ai vu quelque chose au bout du chemin …

Mais qu'est-ce que c'était que ce truc?

Je me suis mise debout en plissant les yeux.

Un animal, une petite bestiole avançait péniblement dans ma direction.

Était-il blessé? Qu'est-ce que c'était?

Un renard?

---

1 **la pudeur:** Schamgefühl; Feingefühl, Takt. · 4 **la mue:** Mausern, Häutung; Wandel, Mutation. · 6 **rugueux, -euse:** rau. · 6 f. **se défaire / se détacher de qc:** sich von etwas lösen, trennen. · 9 **les Dalton:** Verbrecherbande aus vier Brüdern aus der Comic-Reihe *Lucky Luke*. · 9 f. **partent chacun de leur côté dans le soleil couchant:** Anspielung auf Lucky Luke, der am Ende jedes bestandenen Abenteuers einsam in die untergehende Sonne reitet. · 11 **la bécasse:** (Wald-)Schnepfe; hier (fam.): dumme Gans, blöde Kuh. · 15 **plisser les yeux:** die Augen zusammenkneifen. · 16 **avancer:** (vorwärts)gehen, -laufen. · 16 f. **péniblement:** mühsam, mit Mühe.

Un renard avec son flacon d'urine envoyé par Carine?

Un lapin?

C'était un chien.

5   C'était incroyable.

C'était le chien que j'avais vu hier en voiture et qui s'était dissous dans le pare-brise arrière …

C'était le chien dont j'avais croisé le regard à une centaine de kilomètres d'ici.

10   Non. Ça ne pouvait pas être lui … Mais si pourtant …

Eh, mais j'allais passer dans «Trente Millions d'amis», moi!

Je me suis accroupie en lui tendant la main. Il n'avait
15   même plus la force de remuer la queue. Il a encore fait trois pas et s'est écroulé dans mes jambes.

Je suis restée immobile pendant quelques secondes. J'avais les boules.

Un chien était venu mourir à mes pieds.

---

7 **se dissoudre:** sich (in Luft) auflösen (*la dissolution:* Auflösung). · **le pare-brise:** Windschutzscheibe. · 8 **croiser qn/qc:** jdm./einer Sache begegnen. · 12f. **Trente Millions d'amis:** eigtl.: *30 millions d'amis*, berühmte französische Tiersendung und Name der gleichnamigen Stiftung, die sich für Tierrechte einsetzt. · 14 **s'accroupir:** in die Hocke gehen. · 15 **remuer la queue:** mit dem Schwanz wedeln (*remuer:* bewegen, rühren). · 18 **avoir les boules** (fam.): Schiss haben.

Mais non, il a fini par gémir péniblement en essayant de se lécher une patte. Il saignait.

Lola est arrivée, elle a dit:
– Mais d'où il sort ce chien?
5 J'ai relevé la tête vers elle et lui ai répondu d'une voix blême:
– J'hallucine.

Nous étions maintenant tous les quatre à ses petits soins. Vincent était parti lui chercher de l'eau, Lola
10 lui préparait un frichti et Simon avait volé un coussin dans le petit salon jaune.
Il a bu comme un trou et s'est affalé dans la poussière. Nous l'avons transporté à l'ombre.

C'était dément comme histoire.

15 Nous avons préparé de quoi pique-niquer et sommes descendus à la rivière.
J'avais la gorge serrée en pensant que le chien serait probablement cané quand nous remonterions. Mais enfin … Il avait choisi un bel endroit …
20 Et des super pleureuses …

2 **lécher**: lecken. · 6 **blême**: blass; hier: angsterfüllt (*blêmir*: blass werden). · 8f. **être aux petits soins pour qn** (loc.): jdn. umhegen, sich rührend um jdn. kümmern. · 10 **le frichti** (fam.): selbst bereitete, einfache Mahlzeit. · 12 **s'affaler**: sich fallen lassen. · 17 **avoir la gorge serrée** (loc.): einen Kloß im Hals haben. · 18 **cané, e** (arg.): tot, verreckt (*caner*, arg.: sterben, verrecken).

Les garçons ont calé les bouteilles dans des pierres au bord de l'eau pendant que nous étalions une couverture. Nous nous sommes assis et Vincent a dit:

5 – Tiens, le revoilà …

Le chien s'était de nouveau traîné jusqu'à moi. Il s'est enroulé contre ma cuisse et s'est rendormi aussitôt.

– Je crois qu'il essaie de te faire comprendre
10 quelque chose, a dit Simon.

Ils riaient tous les trois en se moquant de moi:

– Hé, Garance, ne fais pas cette tête! Il t'aime, c'est tout. Allez … Cheese … Ce n'est pas si grave.

– Mais qu'est-ce que vous voulez que je fasse
15 d'un clébard?! Vous me voyez avec un chien dans mon studio minuscule au sixième étage?

– Tu n'y peux rien, a dit Lola, souviens-toi de ton horoscope … Tu es dominée par Vénus en Lion et il faut te faire une raison. C'est la grande rencontre
20 à laquelle tu devais te préparer. Je t'avais prévenue pourtant …

Ils se marraient de plus belle.

– Vois ça comme un signe du destin, fit Simon, ce chien arrive pour te sauver …

---

1 **caler:** verkeilen, fest aufstellen (*la cale:* Keil). • 2 **étaler:** aus-breiten. • 6 **se traîner:** sich schleifen, schleppen. • 7 **s'enrouler:** sich einrollen. • 16 **le studio:** 1-Zimmer-Wohnung. • 19 **se faire une raison:** sich damit abfinden. • 20 **prévenir qn:** jdn. benach-richtigen; jdn. warnen. • 22 **de plus belle:** noch stärker.

– … pour que tu mènes une vie plus saine, plus équilibrée, a renchéri Lola.

– … que tu te lèves le matin pour l'emmener pisser, ajouta Simon, que tu t'achètes un jogging et que tu prennes le vert tous les week-ends.

– Pour que tu aies des horaires, pour que tu te sentes responsable, opina Vincent.

J'étais effondrée.

– Pas le jogging, merde …

Vincent qui débouchait une bouteille a fini par dire:

– Il est mignon en plus …

Hélas, j'étais d'accord. Pelé, mité, miteux, croûteux, corniaud et loqueteux, mais … mignon.

– Avec tout ce qu'il a fait pour te retrouver, tu n'aurais pas le cœur de l'abandonner, j'espère?

Je me suis penchée pour le regarder. Il puait un peu quand même …

– Tu vas le mettre à la SPA?

2 **équilibré, e:** ausgewogen, ausgeglichen. • 5 **prendre le vert** (fam.): ins Grüne gehen. • 6 **avoir des horaires** (m.): etwa: ein geregeltes Leben haben. • 8 **effondré, e:** völlig gebrochen, bestürzt, ‚fertig‘ (s'effondrer: einstürzen, zusammenbrechen). • 10 **déboucher:** freimachen (Rohr); hier: entkorken. • 12 **pelé, e:** kahl, mit kahlen Stellen. • **mité, e:** mottenzerfressen (la mite: Motte). • **miteux, -euse:** heruntergekommen, armselig. • 12f. **croûteux, -euse:** voll mit Schorf (la croûte: Kruste, Schorf). • 13 **corniaud, e** (fam.): doof, dämlich. • **loqueteux, -euse:** zerlumpt; hier etwa: zottelig (la loque: Lumpen). • 16 **se pencher:** sich bücken, nach vorne beugen. • **puer:** stinken. • 18 **la SPA:** la société protectrice des animaux: Tierschutzverein.

– Hé … Pourquoi moi? On l'a trouvé ensemble, je vous signale!

– Regarde! s'est exclamée Lola, il te sourit!

Feuque. C'était vrai. Il s'était retourné et agitait mollement la queue en levant les yeux dans ma direction.

Oh … Pourquoi? Pourquoi moi? Et est-ce qu'il tiendrait dans le panier de mon biclou? Et puis la concierge qui avait déjà tant de ressentiments …

Et ça mange quoi?

Et ça vit combien d'années?

Et le petit pochon pour ramasser les crottes alors? La laisse autobloquante, les conversations débiles avec tous les voisins qui lèvent la patte après le film et les distributeurs à Toutounet?

Seigneur …

Le petit bourgueil était bien frais. Nous avons rongé des rillons, mordu dans des tartines de rillettes

---

3 **s'exclamer:** (aus)rufen, aufschreien (*une exclamation:* Ausruf). · 4 **feuque** (interj.; fam.): *fuck* (angl.): verdammte Scheiße! · 5 **mollement:** schwach. · 8 **le biclou** (fam.): Fahrrad. · 12 **le pochon:** Tüte, Tütchen. · 13 **la laisse:** (Hunde-)Leine. · 14 **lever la patte** (fam.): pinkeln (Hund); die Toilette aufsuchen. · 15 **le distributeur à Toutounet:** Tütenspender für Hundehaufen der Firma Sepra Environnement. · 16 **Seigneur** (interj.): oh Gott! (*le seigneur:* adeliger Herr; *le Seigneur:* Gott). · 17 **le bourgueil:** Rotwein aus dem Loire-Tal. · 17 f. **ronger qc:** an etwas nagen, etwas anfressen. · 18 **les rillons** (m.): Grieben. · **les rillettes** (f. pl [!]): in Schweineschmalz konserviertes Schweinefleisch.

épaisses comme un édredon, savouré des tomates tièdes et sucrées, des pyramides de chèvre grises et des poires du verger.

Nous étions bien. Il y avait le glouglou de l'eau, le
5 bruit du vent dans les arbres et le bavardage des oiseaux. Le soleil jouait avec la rivière, crépitant par ici, se sauvant par là, torpillant les nuages et courant sur les berges. Mon chien rêvait du bitume de Paname en grognant de bonheur et les mouches
10 nous embêtaient.

Nous avons parlé des mêmes choses qu'à dix ans, qu'à quinze ou qu'à vingt ans, c'est-à-dire des livres que nous avions lus, des films que nous avions vus, des musiques que nous avions entendues et des sites
15 que nous avions découverts. De Gallica, de tous ces nouveaux trésors en ligne, des musiciens qui nous épataient, de ces billets de train, de concert ou d'excuse que nous rêvions de nous offrir, des expos que nous allions forcément rater, de nos amis, des amis
20 de nos amis et des histoires d'amour que nous avions – ou pas – vécues. Souvent pas d'ailleurs, et

---

1 **un édredon:** Daunenbett, Daunendecke. • **savourer:** genießen. • 2 **le chèvre:** Ziegenkäse. • 3 **le verger:** Obstwiese. • 6 **crépiter:** knistern, prasseln. • 7 **torpiller:** torpedieren; hier: das Spiegelbild zerstören. • 8 **la berge:** Ufer. • **le bitume:** Asphalt. • 9 **grogner:** knurren. • 14 **le site:** Website. • 15 **Gallica:** digitale Bibliothek der französischen Nationalbibliothek; das Projekt wurde 1997 gestartet. • 17 **épater** (fam.): verblüffen, beeindrucken.

c'est là que nous étions les meilleurs. Pour les raconter, j'entends. Allongés dans l'herbe, assaillis, bécotés par toutes sortes de petites bestioles, nous nous moquions de nous-mêmes en attrapant des
5 fous rires et des coups de soleil.

Et puis nous avons parlé de nos parents. Comme toujours. De Maman et de Pop. De leurs nouvelles vies. De leurs amours à eux et de notre avenir à nous. Bref, de ces quelques bricoles et de ces
10 quelques gens qui remplissaient nos vies.
   Ce n'était pas grand-chose ni grand monde et pourtant ... c'était infini.

Simon et Lola nous ont raconté leurs enfants. Leurs progrès, leurs bêtises et les phrases qu'ils au-
15 raient dû noter quelque part avant de les oublier. Vincent a longuement évoqué sa musique, fallait-il continuer? Où? Comment? Avec qui? Et en se permettant quels espoirs? Et je leur ai annoncé un nouveau coloc' qui, oui, avait des papiers, celui-là,
20 de mon boulot, de mes difficultés à me concevoir comme un bon juge. Tant d'années d'études et si peu de confiance au bout, c'était troublant.

---

2 **assaillir:** angreifen, sich stürzen auf. • 3 **bécoter qn** (fam.): jdn. abknutschen; hier etwa: jdn. beißen. • 4f. **attraper des fous rires:** in schallendes Gelächter ausbrechen. • 9 **la bricole:** Kleinigkeit. • 19 **le/la coloc'** (fam.): *le/la colocataire:* Mitbewohner(in) (*la colocation:* Mietgemeinschaft, WG). • 20f. **se concevoir comme ...:** sich als ... vorstellen.

Est-ce que je n'avais pas loupé un aiguillage? Où est-ce que ça avait merdé? Et quelqu'un m'attendait-il quelque part? Les trois autres m'ont encouragée, m'ont secouée un peu et j'ai fait semblant d'acquiescer à leur bienveillance.

D'ailleurs nous nous sommes tous secoués et nous avons tous fait semblant d'acquiescer.

Parce que la vie, quand même, c'était un peu du bluff, non?

10 Ce tapis trop court et ces jetons manquants. Ces mains trop faibles qui nous empêchent toujours de suivre … Nous en convenions bien tous les quatre, avec nos grands rêves et nos loyers à payer le 5 de chaque mois.

15 Du coup, nous avons ouvert une autre bouteille pour nous donner du courage!

Vincent nous a fait rire en nous racontant ses derniers déboires sentimentaux:

– Attendez, mais mettez-vous à ma place! Une
20 fille que je piste pendant deux mois, que j'attends pendant six heures devant sa fac, que j'emmène trois fois au restau, que je raccompagne vingt fois

---

1 **un aiguillage:** Weiche, Weichenstellung; Orientierung. • 2 **merder** (pop.): schieflaufen, in die Hose gehen. • 5 **la bienveillance:** Wohlwollen. • 11 **la main:** hier: Blatt (beim Kartenspiel). • 12 **suivre:** hier: mitgehen (beim Kartenspiel). • **convenir de qc:** etwas zugeben. • 18 **les déboires** (m.): Entäuschungen. • 20 **pister qn:** hinter jdm. her sein. • 21 **la fac** (fam.): *la faculté:* Uni(versität). • 22 **le restau** (fam.): *le restaurant.* • **raccompagner:** nach Hause bringen, fahren.

jusqu'à son foyer à Tataouine-les-Bains et que j'invite à l'opéra à cent dix boules la place! Merde!

– Et il ne s'est toujours rien passé entre vous?

– Rien. Nada. Que pouic. Alors merde quand
5 même! Deux cent vingt euros! Vous imaginez tous les disques que j'aurais pu m'offrir avec ça?

– Tu me diras, un mec qui fait ce genre de calculs minables, je la comprends … persifla Lola.

– Mais tu … tu as essayé de l'embrasser? deman-
10 dai-je ingénue.

– Non. Je n'ai pas osé. C'est ça qui est con …
Gausserie des grands soirs.

– Je sais. Je suis timide, c'est bête …

– Elle s'appelle comment?

15 – Eva.

– Elle est de quelle nationalité?

– J'sais pas. Elle me l'a dit pourtant, mais je n'ai pas compris …

– Je vois … Et euh … Tu sens que t'as une ouver-
20 ture quand même?

– C'est difficile à dire … Mais elle m'a montré des photos de sa mère …

Trop c'était trop.

Nous nous roulions dans l'herbe pendant que
25 Don Juan ratait ses ricochets.

---

1 **à Tataouine-les-Bains** (fam.): etwa: am Arsch der Welt. • 2 **les boules:** Kugeln; hier (fam.): Piepen, ‚Kröten'. • 4 **que pouic** (fam.): nichts. • 10 **ingénu, e:** naiv, arglos. • 12 **la gausserie** (litt.): Spötte-lei, Spott (*gausser qn*, litt.: jdn. verspotten). • 19f. **une ouverture:** hier: Chance. • 25 **faire des ricochets:** Steine auf dem Wasser aufprallen lassen (*le ricochet:* Abprall).

– Oh … suppliai-je, tu me le donnes celui-là?

Lola arracha une page de son carnet de croquis et me la tendit en levant les yeux au ciel.

Elle, elle avait su voir la grande noblesse de mon 5 héroïque ratier alangui au soleil. Le seul mâle, quand j'y pense, qui m'ait jamais couru après avec tant de constance …

Le dessin suivant était une très jolie vue du château.

10 – Depuis le jardin anglais … précisa Vincent.

– Nous devrions l'envoyer à Pop et lui écrire un petit mot, proposa sœur Lola.

(Notre Pop n'avait pas de téléphone portable.) (Note bien, il n'avait jamais eu de téléphone fixe 15 non plus …)

Comme toutes les autres et depuis toujours, c'était une bonne idée, et comme toujours et pour perpète, nous nous rangeâmes derrière le panache blanc de notre aînée.

20 On aurait dit le fond du car à la fin d'une colo. Feuille et stylo passèrent de main en main. Pensées, bonjours, tendresse, bêtises, petits cœurs et gros bisous avec.

---

1 **supplier:** inständig bitten, (an)flehen. • 2 **le carnet de croquis:** Skizzenheft, Skizzenblock (*le croquis:* Skizze). • 5 **le ratier:** Rattenfänger. • **alanguir:** faulenzen, faul daliegen. • **le mâle:** Männchen; Mann (*la femelle:* Weibchen; Frau). • 17f. **pour perpète** (fam.): *à perpétuité:* lebenslänglich; bis in alle Ewigkeit. • 18 **se ranger derrière qc:** sich einer Sache anschließen. • **le panache:** Forschheit, Schneid, Beherztheit. • 19 **blanc, blanche:** hier: rein, unschuldig. • 20 **la colo** (fam.): *la colonie de vacances:* Ferienlager.

146

Le hic – mais ça, c'était pas la faute de not' Pop, c'était celle de Mai 68 – c'est qu'on ne savait pas exactement où l'envoyer, notre lettre.

– Je crois qu'il est sur un chantier naval à Brighton …

– Pas du tout, plaisanta Vincent, il fait trop froid là-bas! C'est qu'il a ses rhumatismes, pépé, mainte-nant! Il est à Valence avec Richard Lodge.

– Tu es sûr? m'étonnai-je, la dernière fois que je l'ai eu, il allait à Marseille

– …

– Bon, a tranché Lola, je la garde dans mon sac en attendant et le premier qui a une piste fait passer l'info.

Silence.

Mais Vincent égrena quelques accords pour que nous ne l'entendions pas.

Dans un sac …

Tous ces baisers que l'on étouffait encore. Tous ces cœurs enfermés avec des clefs et des chéquiers.

Sous les pavés, rien du tout.

1 **le hic** (fam.): Haken, Schwierigkeit. • 4 **le chantier naval:** (Schiffs-)Werft. • 4f. **Brighton:** englisches Seebad am Ärmel-kanal. • 6 **plaisanter:** scherzen, witzeln. • 7 **le rhumatisme:** Rheu-ma. • 12 **trancher:** schneiden; hier: entscheiden. • 13 **la piste:** hier: Spur. • 13f. **faire passer:** weiterleiten. • 16 **égrener:** entkernen; hier (fig.): nacheinander spielen. • 19 **étouffer:** ersticken; erdrü-cken. • 21 **le pavé:** Pflasterstein; hier (fam.; péj.): dicker Wälzer.

Heureusement que j'avais mon chien! Il était couvert de puces et se léchait consciencieusement les roubignolles.

– Pourquoi tu souris, Garance? me lança Simon
5 pour couvrir le blues.

– Rien. J'ai juste trop de chance …

Ma sœur a ressorti ses couleurs, les garçons se sont baignés et moi j'ai observé mon chéri qui ressuscitait au fur et à mesure que je lui donnais des mor-
10 ceaux de pain recouverts de rillettes.

Il recrachait le pain ce saligaud.

– Comment tu vas l'appeler?

– Je ne sais pas.

C'est Lola qui a donné le coup d'envoi du départ.
15 Elle ne voulait pas être en retard à cause de la passation des enfants et déjà nous la sentions fébrile. Plus que fébrile d'ailleurs, inquiète, friable, souriant tout de travers.

---

2 **la puce:** Floh. • 3 **les roubignolles** (f.; vulg.): Klöten (Hoden). •
8f. **ressusciter:** auferstehen, wieder aufleben, zu neuem Leben erwachen. • 9 **au fur et à mesure que** (+ ind.): je mehr man etwas tut. • 11 **recracher:** wieder ausspucken. • **le saligaud** (fam.): Schmutzfink; Mistkerl. • 14 **donner le coup d'envoi** (m.; fig.): den Startschuss, das Zeichen zum Aufbruch geben. • 15f. **la passation:** Übergabe, Aushändigung. • 16 **fébrile:** fiebrig; hier: hektisch, unruhig. • 17 **friable:** krümelig, bröckelig; hier (fig.): mit Nerven, die kurz vor dem Zerreißen sind; am Ende seiner/ihrer Nervenkraft.

Vincent m'a rendu l'iPod qu'il m'avait taxé depuis des mois:

– Tiens, depuis le temps que je te l'avais promise, cette compil …

5 – Oh, merci! Tu as mis tout ce que j'aime?

– Non. Pas tout bien sûr. Mais tu verras, elle est bien …

Nous nous sommes embrassés en nous lançant des petites vannes idiotes pour faire court puis
10 sommes allés nous enfermer dans la voiture. Simon a franchi les douves avant de ralentir. Je me suis penchée par la fenêtre en criant:

– Hé! Joli Cœur!

– Quoi?

15 – Moi aussi j'ai un cadeau pour toi!

– Qu'est-ce que c'est?

– Eva.

– Quoi Eva?

– Elle arrive après-demain par l'autocar de
20 Tours.

Il courait vers nous.

– Hein? Qu'est-ce que c'est que ces conneries …?

– Ce n'est pas des conneries. On l'a appelée tout à l'heure pendant que tu te baignais.

25 – Menteuses … (Il était tout blanc.) Comment vous avez eu son numéro d'abord?

---

4 **la compil** (fam.): *la compilation:* Musikzusammenstellung, Sampler. · 8f. **lancer des vannes à qn** (fam.): jdn. aufziehen, verarschen (*la vanne:* Stichelei). · 26 **d'abord** (interj.; fam.): überhaupt.

– On a regardé dans le répertoire de ton portable …

– C'est pas vrai.

– Tu as raison. Ce n'est pas vrai. Mais va quand
5 même à l'arrêt de bus au cas où.

Il était tout rouge.

– Mais qu'est-ce que vous lui avez raconté?

– Que tu vivais dans un grand château et que tu
lui avais composé un magnifique solo et qu'il fallait
10 qu'elle l'entende parce que tu allais lui jouer dans
une chapelle et que ce serait super *romantitchno* …

– De quoi?

– C'est du serbo-croate.

– Je ne vous crois pas.

15 – Tant pis pour toi. C'est Nono qui s'en occupera …

– C'est vrai, Simon?

– Je n'en sais rien mais connaissant ces deux harpies tout est possible …

20 Il était tout rosé.

– Sérieux? Elle arrive après-demain?

Simon avait redémarré.

– Par l'autocar de dix-huit heures quarante! a
précisé Lola.

1 **le répertoire:** Verzeichnis; hier Namensregister, Adressbuch. •
18f. **une harpie:** Harpyie (geflügeltes weibliches Ungeheuer der
griechischen Mythologie); hier (fig.): Furie, Drachen. • 21 **sérieux?** (interj.): im Ernst?, ernsthaft?

– En face de chez Pidoule! ai-je hurlé par-dessus son épaule.

Quand il a eu complètement disparu du rétroviseur, Simon a dit:
5 – Garance?
– Quoi?
– Pidou-neu.
– Ah oui, pardon. Regarde, c'est l'autre obsédé … Écrase-le!

10 Nous attendions d'être sur l'autoroute pour écouter le cadeau de Vincent.

Lola s'est enfin décidée à demander à Simon s'il était heureux.
– Tu me demandes ça à cause de Carine?
15 – Un peu …
– Vous savez … Elle est bien plus gentille à la maison … C'est quand vous êtes là qu'elle est pénible. Je crois qu'elle est jalouse … Elle a peur de vous. Elle croit que je vous aime plus qu'elle et …
20 et puis vous représentez tout ce qu'elle n'est pas. C'est votre côté fofolles qui la déconcerte. Votre

9 **écraser:** hier: überfahren. · 17f. **pénible:** schwierig, anstrengend; hier (fam.): schwer zu ertragen. · 21 **foufou, fofolle** (fam.): (ein bisschen) verrückt, durchgeknallt. · **déconcerter qn:** jdn. verwirren, durcheinanderbringen; jdn. aus der Fassung bringen.

côté demoiselles de Rochefort ... Je crois qu'elle est complexée. Elle a l'impression que la vie, pour vous, est comme une grande cour de récré et que vous êtes toujours ces lycéennes si populaires qui
5 la chambraient autrefois parce qu'elle était première de la classe. Ces filles belles, inséparables, rigolotes, et admirées en secret.

– Si elle savait ... fit Lola en s'appuyant contre la vitre.

10 – Mais elle ne sait pas justement. À côté de vous, elle se sent complètement larguée. C'est vrai qu'elle est pénible quelquefois, mais heureusement que je l'ai ... Elle me booste, elle me pousse en avant, elle m'oblige à bouger. Sans elle, je serais
15 encore dans mes courbes et mes équations, c'est sûr. Sans elle, je serais dans une chambre de bonne à potasser de la mécanique quantique!

Il s'était tu.

1 **Les demoiselles de Rochefort:** dt. *Die Mädchen von Rochefort*; leicht-beschwingtes Film-Musical aus dem Jahr 1967 über ein Zwillingspaar auf der Suche nach der Liebe. • 3 **la cour de récré** (fam.): *la cour de récréation:* Pausenhof. • 5 **chambrer:** auf Zimmertemperatur temperieren; hier (fam.): jdn. aufziehen, ärgern. • 7 **en secret:** heimlich (*le secret:* Geheimnis). • 11 **largué, e** (fam.): etwa: außen vor, ausgeschlossen (*larguer qn*, fam.: mit jdm. Schluss machen; jdn. rausschmeißen). • 13 **booster qn** (angl., fam.): jdn. antreiben. • 15 **la courbe:** Kurve. • **une équation:** Gleichung (Mathematik). • 16 **la bonne:** Dienstmädchen. • 17 **potasser qc** (fam.): etwas büffeln, pauken. • **la méchanique quantique:** Quantenmechanik; physikalische Theorie, welche Vorgänge im atomaren und subatomaren Bereich beschreibt.

– Et puis elle m'a fait deux beaux cadeaux quand même …

Sitôt la guitoune du péage franchie, j'ai enquillé la zique dans l'autoradio.

5   Alors, mon petit gars … Qu'est-ce que tu nous as concocté là?

Sourires confiants. Simon a tiré sur sa ceinture pour laisser de la place aux musiciens, Lola a abaissé son dossier et j'en ai profité pour venir me caler
10   contre son épaule.

Marvin en Monsieur Loyal: *Here my Dear … This album is dedicated to you …* Une version débridée du *Pata Pata* de Miriam Makeba pour nous délier les jointures, le *Hungry Heart* du Boss parce que
15   celui-là, ça faisait quinze ans qu'il nous remuait le popotin et, plus loin dans la liste, *The River* pour le

---

3 **sitôt:** sobald. • **la guitoune** (milit.; arg.): Zelt; hier: Häuschen. • **enquiller** (fam.): einführen, einlegen. • 6 **concocter:** zusammen-brauen; hier (plais.): zusammenstellen. • 8 f. **abaisser:** herunter-lassen, niedriger stellen. • 9 **le dossier:** Lehne. • 11 **Marvin:** Marvin Gaye (1939–84), US-amerikanischer Soulsänger; *Here my dear* (1978) war ein Album mit sehr persönlichen Details über seine Ehe mit Anna Gordy, der Schwester des Motown-Gründers Berry Gordy. • 12 **débridé, e:** ungezügelt, zügellos. • 13 **Makeba:** Miriam Makeba (1932–2008), südafrikanische Sängerin; *Pata Pata* ist ihr bekanntester Song. • **délier:** losbinden, lösen, lockern. • 14/16 **«Hungry Heart» / «The River»:** Songs von Bruce Springsteen (*1948), genannt »The Boss«. • 16 **le popotin** (fam.): Hintern.

nourrir, ce cœur affamé. Le *Beat It* de feu Bambi
à fond les manettes histoire de slalomer entre les
bandes blanches, *Friday I'm in Love* des Cure
pour – pardon, je baisse le son – saluer ce beau
5 week-end, les *Common People* racontés par Pulp
et qui nous avaient appris plus d'anglais que tous
nos profs réunis. Boby Lapointe déplorant *t'es*
plus jolie que jamais … sauf le cœur. Ton cœur n'a
plus la chaleur que j'aimais … Sa maman des pois-
10 sons et celle d'Eddy Mitchell, *m'man, j'viens tout*
juste d'avoir mes quatorze ans … J'te promets, j'te
gagnerai plein d'argent … Une sublime version de
I Will Survive des Musica Nuda et une autre,
toute fêlée, de *My Funny Valentine* par Angela
15 McCluskey. De la même, un *Don't Explain* à vous
faire chialer le plus queutard des coureurs …

---

1 **affamé, e:** hungrig, ausgehungert. • **«Beat It»:** berühmter Song
von Michael Jackson (1958–2009); den Spitznamen »Bambi« erhielt er aufgrund seiner großen Tierliebe und seiner Begeisterung
für Disney-Kinderfilme wie Bambi. • **feu, e** (vx.): verstorben. •
2 **à fond les manettes** (fam.): in voller Lautstärke (*la manette:* He-
bel). • **histoire de** (+ inf.) (fam.): um zu … • 7 **Lapointe:** Boby
Lapointe (1922–72), französischer Sänger; bekannt für seine an
Kalauern und Schüttelreimen reichen Texte. • 10 **Mitchell:** Eddy
Mitchell, eigtl. Claude Moine (*1942), französischer Sänger und
Schauspieler; stark beeinflusst durch amerikanische Künstler. •
13 **Musica Nuda:** italienisches Duo, das bekannte Songs allein mit
Gesang und Kontrabass vorträgt. • 15 **McCluskey:** Angela Mc-
Cluskey, schottische Sängerin und Songwriterin. • 16 **faire chialer**
qn (fam.): jdn. zum Heulen bringen. • **queutard** (vulg.): notgeil. •
le coureur: *le coureur de jupons:* Schürzenjäger (*le jupon:* Unter-
rock).

154

Christophe dans son gilet de satin, *c'était la dolce vita* … Le violon de Yo-Yo Ma pour Ennio Morricone et ses jésuites, Voulzy qui se barre à Grimaud et Dylan qui répète à l'envie *I want you* à deux
5 sœurs presque vierges. *Zaza, tu pues mais j't'aime quand même* … et moi qu'est-ce que je donnerais pour sauter sur les genoux de Thomas Fersen … et sa valise aussi … *Allons où le destin nous mène, Germaine, allons à notre guise* … *Love me or leave*
10 *me*, implore Nina Simone pendant que je surprends ma Lola en train de se frotter le nez … Ttt tt … Vincent n'aime pas voir sa sœur triste et lui balance les flûtiaux de Goldman pour la requinquer …

1 **Christophe:** eigtl. Daniel Bevilacqua (*1945), französischer Sänger. • 2 **Ma:** Yo-Yo Ma (*1955), chinesisch-amerikanischer Cellist; hat eine CD mit Liedern des italienischen Filmmusik-Komponisten Ennio Morricone aufgenommen. • 3 **les jésuites:** Jesuiten; Anspielung auf den Film *Mission* über das Schicksal der Jesuitenstädte im Urwald Argentiniens, für den Moriccone die Filmmusik komponiert hat. • **Voulzy:** Laurent Voulzy (*1948), französischer Sänger und Komponist. • **se barrer** (fam.): abhauen, sich verziehen. • 4 **une envie:** hier: Begierde, Wollust. • 7 **Fersen:** Thomas Fersen (*1963), französischer Liedermacher. In dem Lied *Zaza* geht es um eine Hündin. • 10 **implorer:** flehen, inständig bitten. • **Simone:** Nina Simone, eigtl. Eunice Kathleen Waymon (1933–2003), US-amerikanische Jazz- und Bluessängerin. • 10 f. **surprendre qn en train de faire qc:** jdn. dabei ertappen wie er etwas tut. • 11 **frotter:** hier: reiben. • 12 **balancer qc à qn** (fam.): jdm. etwas zuschmeißen; hier: jdm. etwas um die Ohren hauen. • 13 **le flûtiau:** Hirtenflöte. • **Goldman:** Jean-Jacques Goldman (*1951), französischer Chansonsänger. • **requinquer qn** (fam.): jdn. wieder auf die Beine bringen; hier: jdn. wieder fröhlich stimmen.

Ainsi fait l'amour et l'on n'y peut rien … Montand
en souvenir de Paulette et Bashung en souvenir de
Bashung … *D'heure en heure l'apiculteur se meurt*
… *La Mariée* de Patachou et *Le Petit Bal perdu* du
5 faux ingénu, Björk qui hurle que c'est trop calme,
le *Nisi Dominus* de Vivaldi pour faire plaisir à Camille et la chanson de Neil Hannon que Mathilde
aimait tant. Kathleen Ferrier pour Mahler, Glenn
Gould pour Bach et Rostro pour la paix. La chan-
10 son douce d'Henri Salvador, celle-là même que

1f. **Montand:** Yves Montand, eigtl. Ivo Livi (1921–91), französischer Chansonnier und Schauspieler italienischer Herkunft. *Paulette* spielt auf eines seiner berühmten Lieder *À bicyclette* an, aber
auch auf die gleichnamige Romanfigur aus *Ensemble, c'est tout*,
die ein großer Montand-Fan ist. • 2 **Bashung:** Alain Bashung
(1947–2009), französischer Sänger und Schauspieler. • 4 **Patachou:** eigtl. Henriette Ragon (*1918), französische Chansonsän-
gerin und Schauspielerin. George Brassens wurde durch sie bekannt. • 5 **un ingénu / une ingénue** (litt.): der/die Naive, der/die
Dumme (*ingénu, e:* treuherzig, naiv, arglos). • **faux ingénu:** Anspielung auf André Raimbourg (1917–70), alias Bourvil, einen
französischen Schauspieler, der in seinen Rollen häufig einen ver-
trottelten Gutmenschen spielte. • 6f. **Camille:** Romanfigur aus
Ensemble, c'est tout, die ein großer Vivaldi-Fan ist. • 7 **Hannon:**
Neil Hannon (*1970), irischer Sänger. • **Mathilde:** Romanfigur
aus *La Consolante*, die ein großer Hannon-Fan ist. • 8 **Ferrier:**
Kathleen Ferrier (1912–53), britische Lieder- und Oratoriensän-
gerin. • 9 **Gould:** Glenn Gould (1932–82), kanadischer Pianist,
vor allem für seine Bach-Aufnahmen bekannt. • **Rostro:** gemeint
ist Mstislav Rostropovitch (1927–2007), russischer Cellist, setzte
sich stets für Demokratie und Menschenrechte ein; am 11. November 1989 spielte er am Checkpoint Charlie für die wiederver-
einigten Berliner. • 10 **Salvador:** Henri Salvador (1917–2008),
französischer Chansonnier.

nous chantait notre maman, et qu'en suçant nos
pouces, nous écoutions nous endormant. Dalida, *il*
venait d'avoil dix-houit ans, il était bôôô comme un
enfant … La BO de *Pas sur la bouche*, ce film qui
5 m'avait sauvé la vie à un moment où je n'en voulais
plus. Une petite page de météo, à la pluie sur
Nantes de Barbara, Luis Mariano yodle son soleil
de Mexico, Pyeng Threadgill répète *Close to me* et
je me dis que c'est exactement ça, mes chéris …
10 L'élégance de Cole Porter sublimée par celle d'Ella
Fitzgerald et Cindy Lauper pour faire contraste.

---

2 **Dalida:** eigtl. Yolanda Christina Gigliotti (1933–87), französische Sängerin und Schauspielerin italienischer Abstammung, in
Ägypten geboren. Die Passage »il venait d'avoil dix-houit ans«
aus dem gleichnamigen Lied spielt auf ihren italienisch-ägypti-
schen Akzent an. • 4 **la BO** (fam.): *la bande originale:* Filmmusik,
Soundtrack. • **«Pas sur la bouche»:** Film-Musical (2003) um eine
zweifach verheiratete Französin, die ihre erste Ehe mit einem
Amerikaner vor ihrem zweiten Ehemann zu verheimlichen sucht;
inspiriert von der gleichnamigen Operette. • 7 **Barbara:** eigtl.
Monique Andrée Serf (1930–97), französische Chanson-Sängerin;
»la pluie sur Nantes« ist eine Anspielung auf ihr berühmtes Lied
Nantes. • **Mariano:** Luis Mariano (1914–70), spanischer Tenor;
gilt als »Prinz der Operette«; *Mexiko* war eines seiner berühmtes-
ten Lieder. • **yodler** (oder: *iodler*): jodeln. • 8 **Threadgill:** Pyeng
Threadgill, afro-amerikanische Jazz-Sängerin. • 10 **Porter:** Cole
Porter (1891–1964), amerikanischer Komponist und Liedtexter,
hat über 40 Musicals komponiert. Sein Stil wird als elegant und
mondän beschrieben. • **sublimer qn** (litt.): jdn. an Raffinesse
überragen. • 11 **Fitzgerald:** Ella Fitzgerald (1917–96), amerikanische Jazz-Sängerin. • **Lauper:** Cindy Lauper (*1953), US-amerikanische Sängerin; angespielt wird auf ihr berühmtes Lied *Girls*
just want to have fun.

Oh daddy! les filles, elles just wanna to hâve fun!, je hurle en secouant mon chien comme un machin des pom-pom girls pendant que toutes ses puces dansent la macarena.

5 Et des tas d'autres encore … Des tas de mégaoctets de bonheur.

Des clins d'œil, des souvenirs, des slows ratés en souvenir de soirées pourries, *miousic wâse maille feurst love* (for connoisseurs only), du klezmer, de 10 la Motown, de la guinguette, du grégorien, une fanfare ou de grandes orgues, et soudain, alors que la voiture picolait et que la pompe s'affolait, Ferré et Aragon qui s'étonnent: *Est-ce ainsi que les hommes vivent?*

---

4 **la macarena:** Modetanz aus den 90ern zum gleichnamigen Lied der Gruppe Los del Rio. • 5f. **le mégaoctet** (inform.): Megabyte. • 8f. **miousic wâse maille feurst love:** Anspielung auf das Lied *Music was my first love* von John Miles. • 9 **le klezmer:** Klezmer; traditionelle jüdische instrumentale Volksmusik. • 10 **la Motown:** Die 1959 gegründete Motown Record Company machte den »Motown Sound« (*Motown*, angl: Zusammenziehung von »Motor Town«: Detroit) populär. • **la guinguette:** Gartenwirtschaft und Tanzlokal außerhalb der Stadt; hier ist wohl die Musik gemeint, die dort meist gespielt wurde, die *musette*. • **le grégorien:** gregorianischer Choral; einstimmig liturgischer Gesang der römisch-katholischen Kirche. • 11 **une orgue:** Orgel. • 12 **picoler** (fam.): bechern, saufen (hier: Benzin). • **la pompe:** *la pompe à essence:* Zapfsäule. • **s'affoler:** in Panik geraten (*un affolement:* Panik). • 13f. **Est-ce ainsi que les hommes vivent:** berühmter Vers des französischen Dichters und Schriftstellers Louis Aragon (1897–1982) aus dem Gedicht *Bierstube Magie allemande*; später vertont von Léo Ferré.

Plus les titres défilaient, plus j'avais du mal à contenir mes larmes. Bon d'accord, je le redis, j'étais fatiguée, mais je sentais la boule qui grossissait, qui grossissait dans ma gorge.

5 Tout ça, c'était trop d'émotions d'un coup. Mon Simon, ma Lola, mon Vincent, mon Jalucine sur les genoux et toutes ces musiques qui m'aidaient à vivre depuis si longtemps …

Il fallait que je me mouche.

10 Quand la machine s'est tue, j'ai cru que ça irait mieux, mais ce salaud de Vincent s'est mis à parler dans les baffles:

«Voilà. C'est fini ma Rance. Bon ben j'espère que je n'ai rien oublié … Attends, si, un petit der-
15 nier pour la route …»

C'était la reprise de l'*Hallelujah* de Léonard Cohen par Jeff Buckley.

Aux premières notes de guitare, je me suis mordu les lèvres et j'ai fixé le plafonnier pour ravaler mes
20 larmes.

1 **défiler:** vorbeimarschieren; hier etwa (fig.): aufeinanderfolgen (*le défilé:* Umzug). • 1 f. **contenir:** unterdrücken, zurückhalten. • 5 **d'un coup:** auf einmal. • 9 **se moucher:** sich schnäuzen, sich die Nase putzen. • 12 **la baffle:** Lautsprecherbox. • 13 **Rance** (fam.): Koseform von »Garance«. • 16 f. **Cohen:** Leonard Cohen (*1934), kanadischer Schriftsteller und Sänger. • 17 **Buckley:** Jeff Buckley (1966–97), US-amerikanischer Sänger. • 19 **le plafonnier:** Deckenlampe, Deckenleuchte. • **ravaler:** unterdrücken, zurückhalten.

Simon a bougé le rétroviseur pour m'y coincer:
– Ça va? Tu es triste?
– Non, j'ai répondu en me fissurant de partout,
je suis sup… super heureuse.

5 Nous avons passé la fin du trajet sans échanger la
moindre parole. À nous rembobiner le film et à
songer au lendemain.

Fin de la récréation. La cloche allait sonner. En
rang deux par deux.
10 Silence, s'il vous plaît.
Silence j'ai dit!

Nous avons déposé Lola Porte d'Orléans et Simon
m'a raccompagnée jusqu'en bas de chez moi.

Au moment où il allait partir, j'ai posé ma main
15 sur son bras:
– Attends, j'en ai pour deux minutes …
J'ai couru chez Monsieur Rachid.

– Tiens, je lui ai dit en lui tendant un paquet de riz,
n'oublie pas les commissions quand même …

---

1 **coincer:** (fest)klemmen; hier: festhalten. · 3 **se fissurer:** rissig
werden; hier (fig.): einen von innen heraus zerreißen. · 6 **le/la
moindre …:** der/die/das geringste … · **rembobiner:** zurückspulen. · 7 **songer à qc:** an etwas denken, über etwas nachdenken. ·
9 **deux par deux:** in Zweiergruppen, jeweils zwei zusammen. ·
12 **déposer qn:** jdn. absetzen. · 19 **les commissions** (f.): Einkäufe.

160

Il a souri.

II a gardé son bras levé longtemps et quand il a disparu au coin de la rue, je suis retournée chez mon épicier préféré acheter des croquettes et une
5 boîte de Canigou.

---

5 **le Canigou:** Hundefuttermarke.

– Garance, ji ti priviens, si ton chien il pisse encor'ine fois sir mes zôbirgines, ji ti l'ipile aussi!

1 **ji ti priviens … ji ti l'ipile aussi!:** *je te préviens, si ton chien il pisse encore une fois sur mes aubergines, je te l'épile aussi.*

Editorische Notiz

Der französische Text folgt der Ausgabe: Anna Gavalda, *L'Échappée belle*, Paris: Le Dilettante, 2009. Das Glossar enthält alle Wörter, die nicht im *Thematischen Grund- und Aufbauwortschatz Französisch* von Wolfgang Fischer und Anne-Marie Le Plouhinec (Stuttgart: Klett, 2000) enthalten sind. Dabei wird der Grundwortschatz in der Regel als bekannt vorausgesetzt; Wörter, die zum Aufbauwortschatz zählen, sind bei Bedarf erklärt. Allerdings wurde bei auch im Deutschen verständlichen und geläufigen Begriffen auf eine Erklärung verzichtet.

Im Glossar verwendete französische Abkürzungen

adj.	adjectif
adv.	adverbe
angl.	anglais, anglicisme
arab.	arabe, arabisme
arg.	argot (Gaunersprache)
astrol.	astrologie
enf.	langage enfantin (Kindersprache)
f.	féminin
fam.	familier (umgangssprachlich)
fig.	sens figuré (übertragen)
ind.	indicatif
inf.	infinitif
inform.	informatique
interj.	interjection (Ausruf)
iron.	ironique
jur.	langage juridique (Rechtssprache)
lat.	latin
litt.	littéraire (literarisch, gehoben)
loc.	locution (Redewendung)
m.	masculin

math.	mathématiques
méd.	médecine
milit.	militaire
péj.	péjoratif (abwertend)
phys.	physique
pl.	pluriel
plais.	plaisanterie
pop.	populaire (salopp)
qc	quelque chose
qn	quelqu'un
région.	régional
subj.	subjonctif
subst.	substantif
vulg.	vulgaire (vulgär, derb)
vx.	vieux (veraltet)

Nachwort

Anna Gavalda wird am 9. Dezember 1970 im Pariser Vorort Boulogne-Billancourt als ältestes von vier Geschwistern geboren. Ihre Kindheit verbringt sie auf dem Land im Département Eure-et-Loire. Ihr Vater verkauft Computerprogramme, ihre Mutter arbeitet als Künstlerin. Als sie 14 ist, lassen sich ihre Eltern scheiden und sie wird bald darauf in ein katholisches Mädcheninternat nach Saint-Cloud geschickt. Später studiert sie in Paris Literaturwissenschaften, schlägt sich mit diversen Kleinjobs durch und arbeitet als Französischlehrerin an einer Privatschule.

Zur Autorentätigkeit findet sie über Umwege: »J'en ai toujours rêvé sans jamais vraiment oser le formuler. Vouloir devenir écrivain me paraissait trop vaniteux. Je préférais m'imaginer journaliste. Cela me semblait une façon plus accessible de gagner ma vie. J'ai préparé des concours, j'ai réussi à l'écrit mais jamais à l'oral. Je suis alors devenue professeur de français, métier que j'ai adoré.«[1] Bereits als Kind hat Gavalda Spaß am Schreiben: mit Leidenschaft verfasst sie eigene Reden für Familienzusammenkünfte: »J'ai toujours aimé écrire. Quand j'étais petite, je préparais des discours pour les réunions de famille, je faisais des one woman shows.«[2] Später nimmt sie an diversen Kurzgeschichten-Wettbewerben teil, von denen sie viele gewinnt (ihre erste Kurzgeschichte schreibt sie mit 17 Jahren im Rahmen der Aufnahmeprüfung zum Studium der Politikwissenschaften; eine Prüfung, die sie nicht besteht). Mit 22 Jahren wird sie mit dem *Prix France Inter* für den schönsten Liebesbrief ausgezeichnet. Angespornt von diesem Erfolg schickt sie eine Sammlung einiger dieser Kurzgeschichten an eine Vielzahl Pariser Verlagshäuser. Le Dilettante, ein bis dato kleiner, unbekann-

---

1 Interview mit Emmanuelle Friedmann, in: *Questions de femmes*, Dezember 2009 / Januar 2010.
2 http://pagesperso-orange.fr/mondalire/Gavalda.htm

ter Verlag im 13. Arrondissement, meldet sich sofort bei ihr und gibt ihr eine Chance: »Je fais tout en dilettante, cet éditeur me va bien.«[3] Mit der Veröffentlichung der Novellensammlung *Je voudrais que quelqu'un m'attende quelque part* 1998 (*Prix RTL-Lire*) wird Anna Gavalda auf einen Schlag berühmt, hängt ihren Job als Französischlehrerin an den Nagel und widmet sich von nun an nur noch dem Schreiben.

Seither hat Gavalda fünf Romane, darunter einen Jugendroman, veröffentlicht. *Ensemble, c'est tout* (2004) und *Je l'aimais* (2003) wurden 2007 und 2009 verfilmt. Mittlerweile ist die Autorin zum Publikumsliebling am französischen Literaturhimmel avanciert. Ihre Bücher sind fast alle Verkaufsschlager und bisher in mehr als 30 Sprachen übersetzt worden. Von *L'Échappée belle* wurden in der Erstauflage 400 000 Exemplare gedruckt (das sind 100 000 mehr als bei *La Consolante*). Das Werk rangierte bereits in der ersten Woche nach seiner Veröffentlichung auf Platz 2 der Bestsellerlisten und wurde für den Journalistenpreis *Les Globes de Cristal* für den besten Roman 2009 nominiert. Anna Gavalda lebt heute alleine mit ihren beiden Kindern im Pariser Vorort Melun. Neben ihrer Tätigkeit als Schriftstellerin schreibt sie regelmäßig Kolumnen für diverse Zeitungen und Magazine und ist Jurymitglied beim Comic-Festival in Angoulême.

Trotz ihres großen Erfolgs ist Gavalda bescheiden geblieben. Sie scheut Medienauftritte, schätzt aber den direkten Kontakt zu ihren Lesern. Autogrammstunden sind für sie etwas Persönliches. Sie nimmt sich Zeit für jeden Einzelnen, sucht den persönlichen Kontakt und verziert liebevoll ihre Autogramme mit Buntstiften: »Les dédicaces, ce sont des centaines de petites rencontres.« Außerdem liebt sie Buchhandlungen: »C'est important les librairies, les libraires en m'accueillant, ils offrent une petite gaieté, ce qu'Internet ne peut pas offrir. Oui, je le fais par idéalisme, par conviction.«[4]

---

3 Dossier von Marie-Eve Wilson-Jamin, *Anna Gavalda se dévoile enfin*, in: *France-Soir*, 11. Dezember 2009.
4 Beide Zitate nach: Fabienne Faurie, in: *La Montagne*, 16. November 2009.

Die Franzosen lieben sie dafür, dass sie Bücher schreibt, die sie ohne große Schnörkel direkt ansprechen, mit denen sie sich so gut identifizieren können, als wären die Figuren alte Bekannte: »Gavalda met un peu (beaucoup) de nous dans ses antihéros.«[5] Kritikern, welche in ihren Büchern, die in einem einfachen und unprätentiösen Schreibstil – Alltagssprache, viele Dialoge – verfasst sind, nur seichte Bahnhofsliteratur sehen, hält sie ein Zitat von Thomas Hardy entgegen: »Un livre facile à lire est un livre difficile à écrire« und betont: »Je travaille beaucoup pour donner l'impression de n'avoir pas travaillé.«[6] Sie hält nichts von überladenen Texten und fasst sich gern kurz: »Le challenge est d'écrire des livres faciles à lire. J'aime beaucoup regarder les manuscrits qui arrivent chez mon éditeur. Je suis toujours étonnée de constater qu'il y a trop de mots, trop d'adjectifs, trop d'adverbes. L'auteur qui a confiance en ses personnages sait être économe.«[7]

In ihren Werken erzählt Gavalda vom alltäglichen Leben, von den Menschen, die es schwer haben, den »cabossés de la vie«[8]: einsame Singles, gescheiterte Liebschaften, vereinsamte Menschen. Sie zeichnet ihre Figuren mit solch einer Liebe, mit solch einer Ehrlichkeit, Sensibilität und so viel Humor, dass man das Gefühl hat, in ein Bild von Sempé einzutauchen, dessen großer Fan sie ist: »Il suggère en quelques traits ce que d'autres moulinent en cinq tomes ou dans une vie de préceptes pontifiants, à savoir que nous sommes des êtres inconsolables et gais, et que c'est là notre plus grande force.«[9] Der *Figaro* bezeichnet sie nicht umsonst als »Sempé en jupon«[10]. Diese Sensibilität für ihre Charaktere verdankt sie vor allem ihrem Interesse an anderen Menschen, ihrer großen Beobachtungsgabe: »Je m'inspire de toutes les situations, je suis une vraie

---

5 Emmanuelle Latouche, *«L'Échappée belle», cavale légère et espiègle d'Anna Gavalda*, in: *La voix du Nord*, 12. November 2009.

6 Beide Zitate nach: Faurie (Fußnote 4).

7 Interview mit Emmanuelle Friedmann (Fußnote 1).

8 Zit. nach: Faurie (Fußnote 4).

9 Interview mit Alexandre Isard, in: *Elle*, 30. Oktober 2009.

10 Sébastien le Fol, in: *Le Figaro*, 16. September 1999.

éponge.«[11] – »Ma boîte à outils ce sont les gens. Je passe ma vie à les écouter, à les regarder. Ma mère a une théorie la-dessus: enfant, j'étais sourde d'une oreille et elle pense que je compensais ce handicap en observant le monde.«[12]

Elemente, die sie geprägt haben und die sie schätzt, nimmt Gavalda gern in ihren Romanen wieder auf (manchmal sogar als wiederkehrendes Element in mehreren Romanen), seien es Musikstücke, Bücher, Filme oder Comic-Figuren. So streut sie überall ihre persönliche Note ein und verfolgt damit gleichzeitig ein Ziel, welches ihr sehr am Herzen liegt: die Menschen zu animieren, durch ihre Romane Neues zu entdecken, neugierig zu bleiben: »S'il y a un rôle que je revendique, c'est celui de passeuse. Un bon livre en fait aimer trois autres.«[13] – »Cela nourrit votre sensibilité et fait de vous un être humain plus intéressant.«[14] Nicht selten findet man in einem Werk auch Anspielungen auf ihre anderen Texte, wenn sich Garance z.B. in *L'Échappée belle* fragt: »Et quelqu'un m'attendait-il quelque part?« (S. 144.)

Der Grundton ihrer Romane ist niemals fatalistisch, sie möchte vielmehr zeigen, dass man immer die Möglichkeit hat, etwas an seinem Leben zu ändern; der typische »Gavalda Touch«[15] eben. Kein Wunder also, dass ihre Werke viele autobiographische Züge enthalten: getrennte Eltern, gescheiterte Ehen, eine enge Beziehung zu den Geschwistern etc. »Elle écrit des livres pour elle, mais surtout pour faire du bien aux autres.«[16]

Sie nimmt sich dabei selbst niemals allzu ernst. Ironie und Humor schwingen immer mit. Als wolle sie uns sagen: »Macht es euch doch nicht so schwer«.

---

11 Zit. nach: Didier Pobel, *Anna Gavalda entrouvre son jardin secret*, in: *Le Dauphine libéré*, 23. Dezember 2009.
12 Interview mit Emmanuelle Friedmann (Fußnote 1).
13 Zit. nach: Pobel (Fußnote 11).
14 Interview mit Johana Lagunas, in: *Téléstar Jeux*, 20. November 2009.
15 Anne Crignon, *La pastille Gavalda*, in: *Le Nouvel Observateur*, 10.–16. Dezember 2009.
16 Stéphanie Gilbert, in: *La Montagne*, 19. November 2009.

Ihr erstes Werk *Je voudrais que quelqu'un m'attende quelque part* (1999) ist eine Kurzgeschichtensammlung über Einzelschicksale von Menschen wie du und ich, die unter ihrer Einsamkeit leiden und sich nach Erlösung sehnen.

In dem Jugendbuch *35 kilos d'espoir* (2002) geht es um einen handwerklich begabten Schüler, einen Alleingänger, der die Schule hasst und am liebsten Zeit mit seinem Opa in dessen Werkstatt verbringt.

In ihrem ersten Roman *Je l'aimais* (2002) lässt Gavalda zwei gegensätzliche Schicksale aufeinandertreffen. Auf der einen Seite ein 65-jähriger Mann, der sein Leben Revue passieren lässt und dabei sein lange gehütetes Geheimnis um die große Liebe seines Lebens, heimliche Untreue und ungelebte Träume offenbart. Auf der anderen Seite seine Schwiegertochter, die gerade von ihrem Ehemann verlassen wurde.

Zwei Jahre später erscheint ihr zweiter Roman *Ensemble, c'est tout*; eine Geschichte über die generationenübergreifende Freundschaft zwischen vier völlig verschiedenen Charakteren: ein stotternder Aristokrat, ein linkischer und ungehobelter Küchengehilfe, seine sture Großmutter, die sich nicht mit einem Lebensabend im Altersheim abfinden will, und eine junge magersüchtige Künstlerin.

Der Roman *La consolante* (2008) thematisiert die Midlife-Crisis eines 40-jährigen Architekten, den seine Frau nicht mehr liebt und der ein Kind aufzieht, dessen Vater er nicht ist. Bis er die Nachricht vom Tod seiner einst großen Liebe erhält und daraufhin mit der Suche nach dem, was ihm wirklich wichtig ist, beginnt.

Zu *L'Échappée belle*

L'Échappée belle war ursprünglich eine Novelle, die Anna Gavalda 2001 auf Bestellung des französischen Buchclubs France-Loisirs verfasst hatte. Sie ging damals als Treuegeschenk an 20 000 Clubmitglieder. Nachdem ihre Fans ihr keine Ruhe ließen und im Internet ein regelrechter Hype um das vergriffene Büchlein entstand, überarbeitete und verlängerte sie die Novelle (20 Seiten), um sie endlich einem breiten Publikum zugänglich zu machen. »J'avais écrit ce texte en réaction à *Je l'aimais*. C'était plombant! Je laissais mon héros chéri dans une mauvaise posture. C'était une thérapie pour moi.«[17]

Gavalda nimmt uns in ihrem fünften Roman mit auf einen Ausflug in die Kindheit. Die drei Geschwister Garance, Lola und Simon befinden sich, zusammen mit dessen Ehefrau Carine, auf dem Weg zu einer Familienhochzeit, die sich bereits im Vorfeld als langweilig ankündigt.

Während in der Kirche die Feierlichkeiten beginnen, stehlen sich die drei Geschwister kurzerhand davon und machen sich auf den Weg zu ihrem jüngsten Bruder Vincent, der in der Nähe von Tours als Touristenführer in einem einsam gelegenen Schloss arbeitet, um ihn zu überraschen. Fern von Kindern, Ehepartnern, Scheidung, Sorgen und Förmlichkeiten wollen die vier Geschwister noch einmal Kinder sein.

Die Autorin gibt nur einen kurzen Einblick in das Leben der Protagonisten. Simon, der ruhige und gutmütige große Bruder, scheint seit der Heirat mit seiner Frau Carine nicht mehr viel zu sagen zu haben. In weiser Voraussicht hatten ihn seine Schwestern davor gewarnt, dass sein freundliches Gemüt eines Tages dazu führen würde »que tu te feras mettre le grapin dessus par une chieuse« (S. 16). Carine, seine Ehefrau, ist der Prototyp der unsympathischen Schwägerin. Die frustrierte Apothekerin, die es nicht zur Ärztin gebracht hat, weiß immer alles besser und ist eine Sauberkeitsfanatikerin. Auf ihrer Flucht vor dem Alltag lassen sie die Geschwister kurzerhand zurück: »L'ambiance était revenue. Nous avions réussi à éjecter l'alien hors du vaisseau spatial« (S. 92). Lola, die Zweitgeborene, ist eine Träumerin und war für alle immer das große Vorbild: »Lola a tout bon« (S. 63). Doch auch sie bleibt nicht von den Schwierigkeiten des Alltags verschont: resigniert und desillusioniert lässt sie sich von

17 Zit. nach: Faurie (Fußnote 4).

ihrem Ehemann scheiden, teilt sich mit ihm das Sorgerecht für ihre gemeinsamen Söhne und versucht mit der neuen Situation klarzukommen. Garance, die Drittgeborene, ist angehende Richterin, zweifelt aber an ihrer Begabung. Sie ist die Extravagante, der Hippie. Sie spielt die ganze Nacht Poker und hat einen chaotischen Lebensstil (sie enthaart sich die Beine im Auto). Vincent ist Musiker, unglücklich in eine Studentin namens Eva verliebt und arbeitet saisonweise als Touristenführer auf einem mittelalterlichen Schloss in der Touraine. Als die Schlossbesitzerin nicht mehr auftaucht, gibt er sich kurzerhand als Schlossherr aus und erfindet fabulöse Geschichten rund um das Schloss, um Touristen in die verlassene Gegend zu locken: »Premier choc: il portait un blazer élimé, une chemise rayée, des boutons de manchettes, un petit foulard rentré dans le col et un pantalon douteux mais à revers. Il était rasé de près et ses cheveux étaient plaqués en arrière. Deuxième choc: il racontait n'importe quoi« (S. 95).

Gavalda zeichnet kein fertiges Bild von ihren Protagonisten. Keiner ist von Grund auf besonders böse oder besonders perfekt. Es steckt immer mehr dahinter. So ist das Verhalten der Schwägerin Carine nur ein Zeichen ihrer Unsicherheit in Gegenwart von Lola und Garance. Simon klärt den Leser gegen Ende darüber auf: »Je crois qu'elle est complexée. Elle a l'impression que la vie, pour vous, est comme une grande cour de récré et que vous êtes toujours ces lycéennes si populaires qui la chambraient autrefois parce qu'elle était première de la classe« (S. 152). Sie hat einen guten Kern, etwa wenn sie sich um die Haut von Garance nach dem Epiliervorgang sorgt und ihr eine lindernde Creme gibt: »C'est une super chieuse c'est vrai, mais elle aime bien faire plaisir. On peut lui reconnaître cette qualité quand même …« (S. 41). Gavalda sagt selbst dazu: »Comme la femme d'Alexis [in *La Consolante*] ce sont des personnages qui sont beaucoup plus intéressants que la narratrice ne le laisse croire. […] Elles sont importantes dans la vie de leur mari. Vaut-il mieux des chieuses, qui vous sauvent la vie ou des gentilles qui vous laissent mourir?«[18] Simon weiß das auch sehr wohl zu schätzen: »C'est vrai qu'elle est pénible quelquefois, mais heureusement que je l'ai … Elle me booste, elle me pousse en avant, elle m'oblige à bouger. Sans elle, je serais encore dans mes courbes et mes équations, c'est sûr. Sans elle, je serais dans une chambre de bonne à potasser de la mécanique quantique!« (S. 152.)

Familie und Geschwister sind eines der Lieblingsthemen von Gavalda – wie auch schon bei *Je l'aimais* und *Ensemble, c'est tout*: »Je me suis toujours intéressée aux histoires de fratrie.«[19] Und wieder einmal lässt sie viele autobiographische Details mit einfließen: geschiedene Eltern der 68er Generation, vier Geschwister, die sich gut verstehen etc. Auf die Frage, mit welchem Charakter des Romans sie sich am besten identifiziere, sagt Gavalda auf Anhieb: Lola »la grande sœur, qui est plus discrète et qui est le témoin de ce qui se passe, comme dans la vie. Garance est mon double qui ose dire tout ce que moi je n'ose pas.«[20] Wie auch Lola wurde Gavalda auf ein Internat geschickt, ist von ihrem Mann geschieden – eine schmerzhafte Trennung – und hat zwei Kinder. Sie ist ebenfalls auf dem Land aufgewachsen und schätzt, wie die vier Geschwister, diesen Rückzugsort sehr. Persönlich unterhält sie ein sehr enges Verhältnis zu ihren Geschwistern, die sie zwar selten sieht, aber »qui restent aussi mes meilleurs amis«.[21]

L'Échappée belle erinnert uns daran, wie schön und einmalig es ist, Geschwister zu haben. Mit ihnen teilen wir Erinnerungen und Geheimnisse, die sonst keiner kennt, häufig nicht einmal unsere Eltern: Sie sind der Garant dafür, dass diese gemeinsamen Erlebnisse weiter bestehen, denn sie geben uns Stärke, um den Alltag zu meistern: »Nous avons parlé des mêmes choses qu'à dix ans, qu'à quinze ou qu'à vingt ans«

18 Zit. nach: Wilson-Jamin (Fußnote 3).
19 Interview mit Johana Lagunas (Fußnote 14).
20 Zit. nach: Wilson-Jamin (Fußnote 3).
21 Interview mit Emmanuelle Friedmann (Fußnote 1).

(S. 142). Geschwister sind aber auch unsere besten Kritiker und Berater, denn sie kennen uns einfach zu gut. »Dans cette histoire, la ›fratrie‹ est un rempart, un port d'attache, un terrier, un havre, un arrêt au stand, mais aussi l'endroit où personne ne vous passe rien et où il est indispensable de se remettre en question. On peut baratiner beaucoup de gens dans la vie, mais pas ceux qui vous ont connu enfant. Ceux-là, non. Ceux-là *savent* …«[22] Wer Geschwister hat, wird gewiss einige Eigenschaften an ihnen wiedererkennen. Dank der liebevollen Beschreibung von Gavalda fühlen wir uns schnell als Teil dieses Gespanns. Wie ein Leser ganz richtig zusammenfasste: »Elle est un peu comme Daniel Pennac. On ouvre son livre et hop! On est tout de suite dans la famille.«[23]

Wie oft wünschen wir uns insgeheim, noch einmal Kind sein zu können, das Rad der Zeit zurückzudrehen bis zu der Zeit, als das Leben noch sorgenfrei und einfach war. Genau diesen Luxus leisten sich unsere vier Protagonisten. Sie klinken sich für einen Tag aus dem Alltag aus: »Ce que nous vivions là, et nous en étions conscients tous les quatre, c'était un peu de rab. Un sursis, une parenthèse, un moment de grâce. Quelques heures volées aux autres« (S. 135). Der Alltag der Protagonisten wird nur am Rand behandelt, da er nicht im Zentrum der Erzählung steht. Hier geht es eher um ein Lebensgefühl, einen Stand-By-Moment, eine Oase im Alltag, ein Stück wiedergefundene Kindheit. Zusammenhänge mit *Ensemble, c'est tout* lassen sich unschwer erkennen.

Unterstützt wird dieses Gefühl des unbeschwerten Zusammenseins durch die idyllische Umgebung. Gavaldas Beschreibung macht das Empfundene sehr plastisch. Es bedarf dabei nicht vieler Details. Flüchtig eingefangene Eindrücke rufen sensorische Gefühle hervor. Man spürt förmlich die Sonne auf seiner Haut, man riecht das frische Gras und die Blumen, man erfreut sich der Farben: »Il flottait dans l'air une odeur

22 Interview mit Aurélie Julia, in: *Pages des Libraires*, November 2009.
23 Matthieu le Gall, *Anna Gavalda: être ensemble c'est tout*, in: *La Nouvelle République*, 28. November 2009.

de goudron, de menthe et de foin coupé. Les vaches nous admiraient et les oiseaux s'appelaient à table. Quelques grammes de douceur« (S. 114). Den Höhepunkt bildet das Picknick am Fluss. Wir assoziieren damit sofort bekannte Gemälde wie *Le déjeuner sur l'herbe* von Manet, *Das Picknick* von Carl Spitzweg oder *The picnic* von James Charles. Kein Wunder, dass Lola das Ganze zeichnerisch einfängt, um es für die Zukunft zu verewigen.

Dieser Ort am Fluss mutet schon fast wie ein *locus amoenus* an: grünes Gras, laue Winde, Vogelgesang, Schatten, kaltes Bächlein; ein paradiesischer Ort, der zum Verweilen einlädt und an dem jeder Kummer sofort vergeht.

Auch Musik spielt eine wichtige Rolle bei Gavalda. In *L'Échappée belle* präsentiert sie uns gleich eine ganze Playlist an diversen Musikrichtungen. Die Geschwister sind ständig von Musik umgeben: auf der Hinfahrt zu Vincent, auf der Hochzeit der Nichte seines Mitarbeiters Nono, am Lagerfeuer der Zigeuner, auf der Rückfahrt. Von Vivaldi über Dario Moreno bis hin zu Cindy Lauper – Gavalda ist übrigens bekennender Fan von Vivaldi und Marvin Gaye: »Je peux les écouter encore et encore et encore et encore et encore.«[24]

Die Musik transportiert nicht nur Gefühle, sondern verbindet, weckt und schafft Erinnerungen. Das berühmte *Staying alive* von den Bee Gees symbolisiert ganz gut das Lebensgefühl dieser jungen Menschen in den Dreißigern, die auf der Suche nach sich selbst sind.

Auch eine glückliche Landpartie neigt sich einmal dem Ende zu. Die große Pause ist vorbei. Es ist Zeit, nach Hause zu gehen, wieder Verantwortung für sein eigenes Leben zu übernehmen. Allen vier ist bewusst, dass es vielleicht das letzte Mal ist, dass sie sich so unbeschwert aus dem Alltag stehlen können. Es ist möglicherweise das letzte Aufflackern ihrer Kindheit: »Nous avions l'intuition que nous étions en train de vivre nos dernières tartines d'enfance« (S. 134). Es

24 Interview mit Christelle Heurtault und Anne-Claire Jucobin, auf: *www. evene.fr*, März 2004.

wird Zeit, erwachsen zu werden: »Nous vivions [...] la fin d'une époque et [...] l'heure de la mue approchait. Que cette complicité, cette tendresse, cet amour un peu rugueux, il fallait s'en défaire. Il fallait s'en détacher. Ouvrir la paume et grandir enfin« (S. 136).

Wie es für die vier weitergeht, ist ungewiss. *L'Échappée belle* ist jedoch kein nostalgischer Roman über das, was einmal war und nicht mehr sein wird. Das Leben ist wie ein Kartenspiel, es ist alles möglich: »*L'Échappée belle* est un récit gai, plein de fossettes, de jetons, de roi, de reines et d'as, qui nous rappelle tout ce qui est encore possible!«[25] Das Auftauchen des streunenden Hundes steht nahezu symbolisch für einen neuen Weg, eine neue Abzweigung: »Vois ça comme un signe du destin [...] ce chien arrive pour te sauver [...] pour que tu mènes une vie plus saine, plus équilibrée« (S. 139f.).

Mireille Schauwecker

---

25 Interview mit Aurélie Julia (Fußnote 22).

Inhalt